Lectures on Russian Literature

俄罗斯文学演讲稿

普希金、果戈理、屠格涅夫、托尔斯泰

[美]伊万·帕宁 著
侯丹 译

中国社会科学出版社

图书在版编目（CIP）数据

俄罗斯文学演讲稿：普希金、果戈理、屠格涅夫、托尔斯泰／（美）伊万·帕宁著；侯丹译 . —北京：中国社会科学出版社，2022.7
ISBN 978-7-5203-9523-6

Ⅰ.①俄⋯　Ⅱ.①伊⋯②侯⋯　Ⅲ.①俄罗斯文学—文学研究　Ⅳ.①I512.06

中国版本图书馆 CIP 数据核字（2022）第 025267 号

出 版 人	赵剑英
责任编辑	慈明亮
责任校对	闫　萃
责任印制	戴　宽

出　　版	中国社会科学出版社
社　　址	北京鼓楼西大街甲 158 号
邮　　编	100720
网　　址	http：//www.csspw.cn
发 行 部	010-84083685
门 市 部	010-84029450
经　　销	新华书店及其他书店
印刷装订	北京君升印刷有限公司
版　　次	2022 年 7 月第 1 版
印　　次	2022 年 7 月第 1 次印刷
开　　本	710×1000　1/16
印　　张	8.75
字　　数	121 千字
定　　价	39.00 元

凡购买中国社会科学出版社图书，如有质量问题请与本社营销中心联系调换
电话：010-84083683
版权所有　侵权必究

序

  俄罗斯文学作为一种具有世界影响的文学，两个多世纪以来始终在俄国境内外得到充分关注，诗人和作家们为世界文学的璀璨星空贡献了自己的那一份光亮。与俄国文学自身发展的历史并行的，还有世界各国的学者、作家和文化人对它的阐释史，后者也形成了自己独特的发展轨迹。对俄罗斯文学的系统研究始于十九世纪中期的俄罗斯，较为著名的有《俄罗斯文学史》（舍维列夫，1846—1860），《俄罗斯民族文学和艺术历史札记》（布斯拉耶夫，1861），《俄罗斯文学历史研究经验》（米勒，1863）等著述，而欧美人在俄罗斯文学作品进入其阅读视野后，也将自己的阅读经验、思考和研究成果呈现给了世界。从十九世纪八十年代法国学者沃居埃的《俄罗斯长篇小说》（1886），到奥地利作家茨威格的《三大师》（1920），再到二十世纪九十年代法国的俄罗斯文学研究专家乔治·尼瓦的《俄罗斯文学史》（1996），近一百年间，关于俄罗斯文学的论著即便不是汗牛充栋，亦可谓成果丰硕、纷繁多样。在这些论著者当中，有一类人因其跨文化身份（多国成长和教育背景），对俄罗斯和西方文学阅读及接受语境的通晓，对多语言的掌握，使得他们对俄国文学的阐释别具一格，既不同于俄国本土研究者，也不同于欧美同行，米尔斯基和纳博科夫是最著名的例子,而伊万·帕宁也属于此列,他的《俄罗斯文学演讲稿》为我们切入俄国文学提供了的一个独特视角。

伊万·帕宁写作这本演讲稿的时间是1889年,当时,俄罗斯已经摆脱欧洲后起民族的名声,俄国文学更是比肩欧洲文学,涌现出不少大师级作家。但是,帕宁只选取了普希金、果戈理、屠格涅夫、托尔斯泰这四位俄国作家进行论述,他没有把梳理俄罗斯文学史、罗列文学史实作为自己的第一要务,不是泛泛而谈、面面俱到,而是抓住俄罗斯文学以及单个作家创作中最本质、最重要的那根线索来串联整个十九世纪俄罗斯文学,以小见大,以局部窥见整体,呈现出作者对俄罗斯文学的整体观。

任何一部俄国文学史都试图对俄国文学的独特性作出归纳,法国学者沃居埃在《俄罗斯长篇小说》中认为俄罗斯文学的总体特质是宗教情感、启示录精神、对弱小者的同情和爱等,这一归纳总体上呼应了十九世纪末西欧对俄罗斯文学的共识,即俄罗斯文学主张寻找生命的意义,与西欧小说对幸福的理解有所不同,追求丰富的内心世界,崇尚求知欲等。帕宁在《俄罗斯文学演讲稿》中也尝试进行归纳,他认为,俄罗斯文学是一种关乎灵魂的文学,"文学之于灵魂,好比自然之于上帝",文学就是灵魂不断向上的旅程之记录。帕宁将这一旅程分为四个阶段:歌唱欢乐,徒劳无益的哀叹与反叛,攻击与战斗,呼吁和平、鼓舞人心,并按照时间顺序将普希金、果戈理、屠格涅夫和托尔斯泰与这四个阶段一一对应起来,称为歌者、抗议者、勇者、传道者/鼓舞者。帕宁认为:"艺术要真正有价值就必须有目的,而且要有相应的执行力,只有具有最崇高目标的艺术才是最高级的艺术;而具有最低级目标的艺术则是最低级的艺术。"因此,在作者的价值天平上,普希金等四位作家的分量逐层递进,由轻至重,他们的创作是心灵的进化,是灵魂的阶梯式上升。帕宁用这一进化之路作为论述十九世纪俄罗斯文学的红线,进而串接起不同作家，将他们的创作视为灵魂线性发展的不同阶段。这一点是帕宁在阐释俄罗斯文学时，与诸多同道颇为不同之处。

帕宁将强烈、真诚、朴素、节制作为俄罗斯文学区别于欧洲诸国文学的主要特征。"俄国人用力量来弥补他缺少的独创性；用深度来弥补他缺乏的广度。"在帕宁进行演讲的时期，西方文学中弥漫着怀疑主义、缺乏敬畏、金钱至上、冷酷的知识论等氛围，他认为俄罗斯文学的这些特质，能够吹来富有生命力的气息，能够起到某种净化作用，而俄罗斯文学一直赖以获得滋养的西方，如今已到了需要从前的孩子来反哺的垂暮之年。这个孩子将成为人类的父亲，俄罗斯文学从此将成为西方精神再生的源泉。

作为一个穿行于俄罗斯和西方文明之间的文化人，帕宁将他对俄罗斯文学的阐释置于多国文学语境之中，他在讲稿中对俄国文学和欧洲诸国文学进行了充分的比较——既有同时代作家的横向比较，也有纵向比较；既有俄罗斯作家之间的比较，也有不同国家作家之间的比较，这种无处不在的对比构成了这部演讲稿的一大特点，同时，也对我们从多个维度理解俄国文学大有裨益。比如，在谈到美感时，帕宁说："他（指普希金）只是美的鼓吹者，没有任何终极目的。果戈理用他的美感和创造者的冲动来抗议腐化堕落，发泄自己的道德愤慨；屠格涅夫用他的美感作为武器，与他自己和人类最危险的敌人作斗争；托尔斯泰用他的美感来宣扬永不过时的爱的福音。"在谈到果戈理的《死魂灵》时，帕宁说，这是一切幽默作品的典范，其中的"笑"是"闪着泪光的笑"，是独特的，而"斯威夫特散发着醋酸味；菲尔丁的幽默是油腻的，且裹着糖衣；狄更斯除了不能自控的爆发时从来不笑；萨克雷冷嘲热讽，乔治·艾略特的幽默几乎是恶意的；英国文学中唯一一个在笑的时候心里感到难过的人是卡莱尔，而他甚至都不被算在幽默作家之列。对英国文学来说，塞万提斯在《堂吉诃德》中的笑是陌生的，但塞万提斯的幽默是与果戈理最为接近的"。这样的对比，几乎贯穿了欧洲的几个著名大作家，想必能拉近西方读者与俄罗斯文学的距离，加深对果戈理的幽默之实质的理解。

如伊万·帕宁在作者序中所说，"讲稿完全按照愉悦读者视听的目的写成，并严格按照讲座时的语言刊印"，这种"原汁原味"的文字使得我们在某种程度上可以跨越历史时空，感受到帕宁在美国和加拿大巡回演讲时的生动语气和飞扬的文采，以及他对俄国文学的热爱，他面对欧美读者时因俄国文学而生的那份优越感。演讲稿的性质决定了这些文字充满个性，平易近人，虽然有些论述有失偏颇，但不乏真知灼见。较之于四平八稳的平铺直叙，恐怕这种个性十足的文字更能让我们产生阅读的快感。

近些年，我国对俄罗斯文学的关注已经不仅仅局限于俄国学者的成果，而是放眼世界，吸纳各国学者在俄国文学研究领域的高见，从英语翻译过来的文学史著是最多的，斯洛尼姆、米尔斯基、纳博科夫、卡特里奥娜·凯利等人的著述均已有中文译本，帕宁这一《俄罗斯文学演讲稿》的翻译出版无疑会丰富现有的英语国家俄罗斯文学研究成果。此书译者侯丹是我 1996 年进入高校工作时接触的第一批学生中的一位，与她的同学不同的是，她是当时为数不多的零起点俄语专业学生，还是更少数的很快赶超高起点同学俄语水平的学生，她的聪颖好学在当时给我留下了很深的印象。刚毕业的我其实只比学生们年长几岁，这也无形中拉近了我和他们的距离，我和侯丹一直保持联系，我看着她从本科生成为博士生，从高校俄语教师成为一个在十九世纪俄罗斯文学和果戈理研究方面颇有建树的研究者，一个成熟的译者，而我俩也越走越近，曾经的师生关系渐渐模糊，我们在一起无话不说，从闺蜜话题到学术讨论，从各自的孩子到学术圈的同行……她经常直呼我方方，而我则是在她每年教师节跟我传统约饭时才想起我还曾经是她的老师。不过，于我而言，此为一种理想的师生关系，是我不敢奢求，但一想起来就会觉得是幸运的关系。这是我斗胆

(但欣然)应允为她翻译的《俄罗斯文学演讲稿》作序的主要原因,我想,这也是她找我写序的主要原因吧。

陈　方
2021年7月于北京

作者原序

书中的译文,除第一讲中选自托尔斯泰作品中的暴风雨场景以外,其余部分皆由我本人译成英文。

特请读者注意,这些讲稿完全按照愉悦读者视听的目的写成,并严格按照讲座时的语言刊印。若非如此,书中成文将与现在有很大不同。

在讲到第六讲时,我读了托尔斯泰作品《我的宗教信仰》和《该怎么办》的节选,其内容已经足以说明我所赞同的托尔斯泰的所有观点。但我还是在书中将节选部分略去,原因无须赘言,笔者唯愿读者能够自行阅读原作而已。

伊万·帕宁
马萨诸塞州格拉夫顿
1889 年 7 月 1 日

目　录

第一讲　导言 …………………………………………（1）
第二讲　普希金 ………………………………………（24）
第三讲　果戈理 ………………………………………（47）
第四讲　屠格涅夫 ……………………………………（67）
第五讲　艺术家　托尔斯泰 …………………………（87）
第六讲　传道者　托尔斯泰 …………………………（106）
译后记　"文学是灵魂发展的里程桩"
　　　　——伊万·帕宁和他的《俄罗斯文学演讲稿》……（120）

第一讲

导　言

1①. 我之所以选择这四位作家来讲，与其说是因为他们在俄国文学中最负盛名，不如说是因为他们的作品最好地体现了这些讲稿所表达的观点。文学之于灵魂，好比自然之于上帝。上帝总是努力通过大自然的千变万化和不断发展的形式在自然中显露自身。同样，人类的灵魂也努力通过文学的各种变化和不断发展的形式在文学中显露自身。然而，尽管人类还无法看清上帝永不停歇的创造有什么目的，但他还是让凡俗的人类从毗斯迦山（Pisgah）上看见了应许之地，那是灵魂奋斗的目标，是我们希望它不断靠近的所在。灵魂总是奋力向前、向上，不管这种努力是否能被称作种族的进步，寻找理想或与神合一是同一件事。这是灵魂不断向上的旅程，文学就是它的记录，每个民族在文学发展过程中各种各样的追求不过是这条路上的许许多多的里程桩而已。

2. 人类的灵魂在童年时期仅仅是存在，但却没有生命的意识；但它很快就意识到了自身的存在，它发出的第一声呐喊是因为喜悦。青春永远是欢乐的，它在欢乐中歌唱。青春对着夜空中的星辰，对着或白或红的月亮，对着少女的脸颊和折扇歌唱。青春对着鲜花、对着蜜蜂、对着鸟儿，甚至对着老鼠歌唱。个人如此，种族亦然。

---

① 原书段落前有阿拉伯数字，现保留。本书页脚注释皆为译者所加。

任何民族的文学最早发出的声音就是那些歌声。希腊的荷马，如他钟爱的鸣蝉一样，欢快地歌唱；英国的乔叟和莎士比亚起初都是游吟诗人。在法国和德国，甚至很难找出个别有名的歌唱者，因为整个民族，无论它内部发出怎样的声音，都是和游吟诗人及民谣歌手一起唱出来的。在灵魂的早期阶段，它唱出的旋律不是哀伤悔恨，而是从胸膛里爆发出的鸟儿般轻快的歌声，喜悦而欢乐。

3. 然而，灵魂很快意识到生命不仅仅意味着存在，不仅仅是快乐，甚至不仅仅是幸福；它很快就认识到黑暗之王与光明之王如影随形；意识到宇宙里不仅有行至善的上帝，还有行至恶的魔鬼。因青春的浮躁与冷漠，灵魂开始陷入悲伤与愤怒当中。诗人与歌者的心现在充满哀伤，他转身离开，抛弃了那些悲叹者、责备者和反叛者。约伯①接替了米里亚姆②，埃斯库罗斯③接替了荷马④，拉辛⑤和高乃依⑥取代了游吟诗人，拜伦取代了莎士比亚。这是一个充满徒劳无益的哀叹与反叛的阶段。

4. 但灵魂不像冬眠的熊，不能长久地以自己的血肉供养自身。它很快就发现仅凭愤怒与反抗只会带来徒劳无益的焦虑而已。它明白了，要战胜疾病就必须果断前行，去战斗，去攻击敌人最脆弱的地方，而不是徒劳地指责敌人。文学随之变得咄咄逼人，充满了目的性，现在它开始抨击王位、教堂、法律、机构和个人。喜剧取代了悲剧，讽刺取代了感伤；阿里斯托芬取代了埃斯库罗斯，尤维纳利斯⑦和马提雅尔⑧取代了贺拉斯；伏尔泰接替了拉辛，狄更斯接替

---

① 约伯是《旧约·约伯记》的主人公，一个虔信上帝的人。
② 米里亚姆是犹太教经籍《塔纳赫》中记载的七个女预言师之一。
③ 埃斯库罗斯（公元前525—前456），古希腊悲剧诗人。
④ 荷马（约公元前九世纪至前八世纪），古希腊诗人，史诗《伊利亚特》和《奥德赛》的作者。
⑤ 拉辛（约1639—1699），法国剧作家，古典悲剧大师。
⑥ 高乃依（1606—1684），法国诗人和剧作家。
⑦ 尤维纳利斯（约60—约127），罗马讽刺诗人。
⑧ 马提雅尔（约38/41—约103），罗马讽刺诗人。

了拜伦。这是文学交战的阶段。

5. 但是，灵魂也不能长期处于仇恨之中，因为仇恨是黑暗之子。灵魂的目的是爱，因为爱是光明之子。人类的灵魂很快发现，黑暗力量不能靠暴力征服，不能靠与被黑暗力量统治的人们进行战斗来征服，要战胜黑暗靠的是善终将胜利的信念，以及对命运的顺从，对一切际遇的忍耐，对上帝的虔敬，对众生的怜悯。灵魂就这样发现了它真正的避风港，它放下了利剑；它的声音不再是挑起争端，而是呼吁和平；它开始鼓舞人心，使人振奋，于是希腊文学终结于苏格拉底和柏拉图，罗马文学终结于马可·奥勒利乌斯①和塞内加②，英国文学终结于卡莱尔③和拉斯金④，美国文学终结于爱默生⑤，德国文学终结于歌德。在英国、美国、德国文学的确在继续发展，但这个周期已经结束，文学已经超越了柏拉图、马可·奥勒利乌斯、歌德、爱默生、卡莱尔和拉斯金，灵魂无须再追求自我提升。后来所发生的一切都没再给生命带来任何新的东西，色调也许有变，但本质依然。

6. 肉身之眼从未见过如此完美的圆。不论手画得多么精确，放大镜都能迅速地暴露出轮廓上的参差曲折。只有灵魂之眼才能看见事物的完美。不管有没有放大镜，灵魂都知道存在一个完美的圆。虽然历史表明，的确有许多规律中的不规则之处为灵魂的成长奠定了基础，但规律仍然完美地存在着，而且俄国文学为这条规律提供了最完美的证明。每一种文学都需要历经这四个阶段，但是这条规律在任何地方都不像在俄国这么鲜明。歌者普希金、抗议者果戈理、勇者屠格涅夫按照时间顺序相应而生。他们站在文学事业的大门前

---

① 马可·奥勒利乌斯（121—180），罗马皇帝。
② 塞内加（公元前4—65），罗马斯多葛学派哲学家。
③ 托马斯·卡莱尔（1795—1881），英国作家。
④ 约翰·拉斯金（1819—1900），英国作家，艺术评论家。
⑤ 拉尔夫·沃尔多·爱默生（1803—1882），美国文学家，思想家。

立下了自己的汉尼拔誓言①：农奴制和独裁统治不废除，决不罢休。最后我们迎来了传道者与鼓舞者托尔斯泰。

7. 这条规律是怎样在俄国大地上和俄国人心中发挥作用的呢？这正是我这一系列讲座要谈的内容。尽管心灵的法则在本质上是相同的，但是其表现出的特征却因时因地而变。正如大自然中的同一种力量在苍穹之中表现为星辰相吸的引力，在分子中表现为将原子与原子连在一起的吸引力，而在人类之中则表现为让人心心相印的爱情。因此，那些对一切文学来说都十分自然的现象我们也能在俄国文学中找到，但却因俄国人民的独特性格而有所改变。

8. 俄国精神的首要特征是没有源初力（originating force）。在雅利安大家庭中，斯拉夫民族只是其中一员。迄今为止，每个家庭成员都在一个专门的领域内释放自己的源初力。德国人沉湎于对种族命运的思考，美国人通过发明创造使这个种族的人物质生活更加舒适，法国人使这一种族的人生活更加雅致，英国人则促进了雅利安人的贸易往来，但是俄国人却无任何独特天赋。迄今为止，斯拉夫民族所擅长的领域都是消极被动的，它最大的与众不同之处仅在于它成了一个筛子，欧洲思想的活泉穿过它倾注在亚洲沉睡的身躯上，又如一堵实墙，将洪水猛兽般的亚洲式野蛮阻挡在欧洲文明之外。斯拉夫民族的第一美德就是消极，就如一根管子的美德是光滑且中空，俄国人摆在首位的美德就是消极地接收。

9. 因此，不要在俄国文学中寻找独创性。俄国土地上没有任何一种原生的文学形式，对哲学、艺术和文学的任何贡献，其形式都不能说是在俄国土地上诞生的。它的文学形式，如同其文明（或那些被认为是文明的东西），都是从西方借鉴来的。但是由于作用力和反作用力总是相等，俄国民族性格上的这种局限性反而成为其精神

---

① 汉尼拔誓言：汉尼拔是古迦太基的统帅，在十岁时发誓永远与罗马为敌并终身恪守誓言。汉尼拔誓言指的是坚韧不拔、斗争到底的决心。

生活中许多美德的源泉,欧洲与美国应该学习吸取这些美德,尤其是在西方思想已成熟到几近衰亡的今天。

10. 在此,你就明白了为什么那些爱思考的心灵突然间强有力地抓住了俄国文学。就连那些所谓的万事通(wiseacre)都对这突然迸发的对俄国文学的热情感到惊叹,小声称为"时尚的狂热",从此不再置评一语。但是,朋友们,千万不要相信这种狂热。狂热到来的时候就是它即将消失的时候,但是,此刻打动人们心灵的俄国文学的永恒力量,是无法被茶桌上的闲言碎语所磨灭的。时尚可以让人把一具尸体暂拥入怀,把那恐怖的苍白说成肤色娇美,把指尖冰冷的触感说成保守矜持,但时尚并不能将生命的气息吹入已经死亡的躯体。现在对文学的热情是清醒的,大可放心,不是因为时髦,与时髦毫无关系。狂热终会过去,但是俄国文学中那些让所有真诚的灵魂产生触动的因素却不会随之消失,因为这是一些不受时尚控制的永恒的东西。

11. 俄国文学中的那些元素一直以来都在俄国人身上表现得十分引人注目,尤其是现在,当文学在其他各处都趋向荒废和毁灭的时候,这些特征就更加引人注目。若无这些元素,一切作品都将随着时间流逝变成一堆废纸,一切言语都只是空洞的声音;若无这些元素,所有作品都会被扔出去,而不是堆放在角落里。书堆可能像一个不倒翁玩具一样,虽然不停地摇摇晃晃,但总会找到让自己立住的平衡点;更有可能像一艘冲天火箭,伴随着飕飕的呼啸声发射到太空,时间一到就消失在爆炸和黑暗之中。

12. 在这些元素中排在首位的就是"强烈"(intensity)。俄国人用力量来弥补他缺少的独创性;用深度来弥补他缺乏的广度。不强烈就不叫俄国人。爱恋时他一片赤诚,仰慕时他全心全意,服从时他千依百顺,反抗时他用尽全力。当彼得决定将西方文明引进他的帝国时,必须在一日之内让它遍及全国;如果人类的本性使百姓不能立刻屈服于上方的命令,士兵们就必须手持剪刀走上街头,剪掉被禁的胡须和长袍。当暴君保罗①死于刺客之手时，那因为获救而一片欢腾的场景只可能出现在俄国的街头：陌生人投入彼此的怀抱中，互相拥抱、亲吻，沉醉于解脱后的喜悦中。当俄国人驱赶外国侵略者时，他们不惜任何代价。甚至在放火烧毁他们的麦加圣地——深爱的母亲莫斯科时，他们也毫不退缩。当亚历山大二世开始解放俄国时，他立即开始全面改革——解放农奴，陪审团审判，地方政府自制，普及教育。当独裁势力反扑时，也如暴风雪般风驰电掣、铺天盖地。在卡拉科佐夫的枪杀事件②之后，俄国一夜之间从一个自由国家变成了一个专制国家。就好似有个叫赫尔曼的人把魔杖一挥，念了句咒语"普莱斯托，变！"独裁政体就立刻起死回生了。当贵族青年最终被激发出帮助那些无知农民的高尚愿望时，故乡、家庭、身份、财富、事业统统被弃置不顾，他们住进农民家里，像农民一样生活，这样才能更好地指导农民。这种在俄国生活中无处不在的强烈感也同样见之于文学；虽然在实际生活中，全面渗透的强烈感是种弊端，可是在民族的理想生活，即文学领域中，这个特点却找到了最利于它成长的沃野。因此，俄国作家的确可能经常出错，甚至常常一错到底，但他绝不乏味无趣，因为他总是充满力量。

13. 当软弱发展到一定程度，甚至可以生成一种理论，这种理论可以使声音变薄，耐力变弱，并且使文学也变得软弱无力；当智慧只能在勃朗宁的对弈游戏中找到足够的兴趣，幽默感只能在马克·吐温式的翻桌子（table-leaping）的滑稽动作中找到足够的给养，良知只有看到真正的饥荒，才会被激发起同情，这时候就要转向这些俄罗斯人，并学习他们具有压倒性力量的秘密之一，即他们的强烈感。

14. 比如果戈理，他从不让你开怀大笑。这样的笑只流于表面。

---

① 保罗一世（1754—1801），俄罗斯帝国第九位皇帝，死于暗杀。
② 德米特里·弗拉基米尔洛维奇·卡拉科佐夫（1840—1866），俄国恐怖主义革命者。1866年4月4日，卡拉科佐夫企图用手枪射杀沙皇亚历山大二世，刺杀失败后卡拉科佐夫被捕，并于同年9月被处死。

但他的每一页文字几乎都会令你感到一种遍及全身的欢乐,欢乐仿佛穿过四肢百骸,脊椎笑得程度和脸蛋不相上下。屠格涅夫也是如此,他从不让你哭泣,但他所感受到的悲伤都从他的文字中传递出来,并且进入了你的血液当中。你的确没有掉一滴眼泪,因为流泪的悲伤也大多流于表面,而你的胸膛里已然发出一声沉重的叹息。还有托尔斯泰。他从不激励你向前一步,完成某件善行。他不会像席勒那样,推着你去拥抱友人。可当你把书放下时,就会对自己有诸多不满,一种对更高尚生活的渴望将完全占据你的灵魂。

15. 这就是俄罗斯精神中那吸收一切、吞噬一切的民族强烈感所产生的结果。

16. 这种强烈感使得俄罗斯精神在地平线上突然变得光芒四射,甚至几乎看不到任何连续的发展阶段。笼罩在普希金之前的俄国文学上空的黑暗并不是逐渐消散的,而是夜空突然被无数的光照亮。第一星等的亮星散布其中,这里出现一个,那里又出现一个,直到眼花缭乱的观星者看到的不再是闪烁的光点,而是一个闪亮的发光体。在不到半个世纪的时间里,俄国就诞生了普希金、莱蒙托夫、果戈理、陀思妥耶夫斯基、屠格涅夫和托尔斯泰。就像帝国之手一挥,西欧的制度就变得俄罗斯化了一样,俄国文学仿佛魔杖一挥就变得现代化了。

17. 这种民族性中的强烈感赋予俄罗斯文学十分炽热的一面。它的气味不仅芳香,而且香得令人窒息;正如内战后的美国将军和上校的数量多得让社会难以承担一样,在俄罗斯伟大作家也多得几近令人痛苦,学生们不是因为选择匮乏,而是因为选择过于丰富而感到为难。不仅文学的外观像个热腾腾的房子,而且其本身的性质也受到了影响。俄罗斯民族精神中的强烈感使它在某个时间只能做好一件事,它的所有力量在某个时间只能转变成一种文学形式。从1800年到1835年,俄国文学就像仲夏夜的田野,充满各种各样的乐声,任何能发出清晰声音的人都在歌唱。巴图什科夫在歌唱,普希金在歌唱，莱蒙托夫在歌唱，柯里佐夫在歌唱，屠格涅夫在写诗，而茹科夫斯基像我们的诗人一样，在韵律分明的诗节中技巧性地寻找平衡；在无法歌唱的地方，代之以尖叫，但是，你会发现他总是能够达到韵律上的平衡。随后是厚本期刊时代，在俄罗斯，无论具有何种天赋，在那个时期都只能通过它们发声；最后，现实主义以无可匹敌的强度扑面而来，每个人都用散文写作，而且只有一种散文形式，那就是小说。俄罗斯的土壤没有培育出一部戏剧，一部历史作品，一篇随笔或哲学论文；俄罗斯的全部精力都投入到小说中，而且俄罗斯不是善于创造之国，当它确实产生大师的时候，一个时期之内也只能产生一个。

18. 但是，"强烈"的最大危险之处在于过剩，通晓人性的拿破仑曾经正确地指出，天才和疯子是一树双生，的确，很少有天才作家能够成功应对过剩之力。然而，俄国作家特别幸运的是，他们相对避免了这一风险，这一民族基本品格中的第二个伟大美德就是希腊人的节制，从这个民族身上我们还有很多东西亟待学习。

19. 以节制和分寸感为根源的美德共有两种，第一是节制，第二是谦逊。对灵魂之外的事物保持节制，对灵魂之内的事物保持谦逊。我们应该读一读屠格涅夫在小说《处女地》中对涅日丹诺夫自杀的描写，或是他在《僻静的角落》中对玛利亚·巴甫洛芙娜溺水情形的描写，它们是节制的最佳例证。

……涅日丹诺夫马上从沙发上跳起来，他在房间里来回走了两次，随后沉思着在屋子中间站了一会儿，接着突然激动起来，匆忙脱掉自己"化装舞会穿的"外套，一脚把它踢到角落里，拿起自己原来的衣服穿上。

然后，他走到小三脚桌旁边，从抽屉里拿出两封密封的信和一个小东西，把小东西放进口袋里，把信放在了桌子上。

然后，他蹲下来，打开炉门……炉子里有一堆灰。这是涅日丹诺夫所剩无几的文件和私藏笔记。夜里他把它们都烧了。但是在炉子里面，靠着一面炉壁还有一张马尔科洛夫送给他的玛丽安娜的肖像。显然，他还没有勇气烧掉它！涅日丹诺夫小心翼翼地把它取出来，放在桌子上密封信件的旁边。

随后，他毫不迟疑地拿起帽子，走向房门……但是又停下了脚步，他开始往回走，进了玛丽安娜的房间。

他在那里站了一会儿，四下看了看，走到她那张狭窄的小床边，躬下身去，他哽咽一声，将嘴唇贴了上去，不是吻在枕头上，而是吻在了床脚上……然后他站起身来，把帽子拉到额头上，冲了出去。

涅日丹诺夫在走廊上、楼梯上、楼下一个人都没遇见，他溜进了房前的小花园。天色灰蒙蒙的，天空低垂，潮湿的微风吹弯了草尖，轻轻摇动着树上的叶子。工厂里叮叮当当的噪声比平日里这个时候减少了一些，从它的院子里飘来煤炭、沥青和脂油的气味。

涅日丹诺夫警惕而怀疑地环顾四周，径直走到那棵在他到达当天、仅从小房间的窗口看了一眼就吸引了他的注意力的老苹果树跟前。苹果树的树干上覆盖着一层已经干枯的苔藓。粗糙而光秃的树枝上挂着几片微微泛红的树叶，树枝弯曲着伸向空中，好像老年人弯起来祈求的手臂。涅日丹诺夫脚步坚定地踏上了苹果树树根周围的那片黑土，从口袋里掏出了他在桌子的抽屉里找到的那个小东西。接着他目不转睛地盯着侧屋的窗口……

"如果这时候有人看见我，"他想，"那么也许我会推迟……"但是任何地方都没有出现一个人……似乎一切都已经死去，一切都已经背他而去，永远地消失了，只留下他一个人任凭命运的摆布。一家工厂发出沉闷的噪声，散发着臭气，冰冷的雨滴像细密的针尖一样从头顶落下来。

涅日丹诺夫站在树下，透过头顶上弯曲的树枝看了一眼那低垂的、灰蒙蒙的、对一切都视而不见、冷漠无情的、潮湿的天空，他打了个哈欠，耸了耸肩膀，想道："什么都没有了，不能回彼得堡去蹲监狱。"他脱下帽子，他的四肢百骸预先感受到了某种甜美而强烈且令人疲倦的慵懒，他把左轮手枪抵在胸口，扣动了扳机……

他立刻感到被什么东西推了一下，不过力气并不大……但是他已经仰躺在地上了，他试图弄明白他究竟怎么了，为什么现在竟然看见了塔季亚娜？……他甚至想叫她，对她说："啊，不需要！"但是他已经说不出话来了，一股浑浊的绿色旋风在他的脸孔上方、眼睛里、额头上和脑子里旋转起来，一个重得可怕又十分扁平的东西将他永远压在了地上。

涅日丹诺夫看见塔季亚娜并不是幻觉，在他扣动扳机的时候，她恰好走到侧屋一个窗口，看见他在苹果树下。她还没来得及想"这个天气他为什么不戴帽子待在苹果树下？"他就像一捆稻草一样仰面倒了下去。她甚至没有听见枪声，声音太微弱了，但是她立刻感觉到发生了不好的事情，急忙跑下楼，冲进了花园里……她跑到涅日丹诺夫身边……"阿列克谢·德米特里奇，您怎么了？"但是他已经陷入了黑暗之中。塔季亚娜弯下腰，看见了血……

"巴维尔！"她大声叫喊起来，声音都变了，"巴维尔！"

过了一会儿，玛丽安娜、索洛明、巴维尔和另外两个工厂里的工人已经在花园里了。他们立刻把涅日丹诺夫抬进侧屋，放在了那张他在上面过完最后一夜的沙发上。

他仰卧着，半闭着的眼睛一动不动，脸色铁青。他缓慢而费力地呼吸，时而抽泣一下，好像窒息了一样。生命还没有离他而去。

玛丽安娜和索洛明站在沙发的两边，脸色几乎和涅日丹诺夫一样苍白。两人都大惊失色，极为震动，几乎被击垮了，尤其是玛丽安娜，但是并不觉得惊讶。"我们怎么没有预料到这件事呢？"他们想。但是同时他们又觉得，是的，他们已经预料到了。当他对玛丽安娜说"我事先告诉你，无论我做什么都不要感到惊讶"的时候，还有他说到在他身上有两个人无法和谐共处的时候，难道她没有产生一丝朦胧的预感吗？为什么她没有立刻静下来思索一下这些话和预感？为什么她现在不敢看索洛明，就好像他是她的同谋……似乎他也感受到了良心上的谴责？为什么涅日丹诺夫在引起她无尽而绝望的怜悯的同时，还让他感到恐惧、羞愧和不安呢？也许，她能救他？为什么他们二人不敢说一句话？甚至都不敢喘气，就这么干等着……等什么呢？我的天哪！

索洛明派人去请一个外科医生，当然，已经没有希望了；塔季亚娜把一块浸了冷水的海绵敷在那个发黑的、已经不再流血的小伤口上，用冷水和醋弄湿了他的头发；涅日丹诺夫突然停止了喘息，微微动了动。

"他要醒过来了，"索洛明低声说。

玛丽安娜跪在沙发旁边……涅日丹诺夫看着她……在此之前他的眼睛就像每个垂死之人一样一动不动。

"啊！我还……活着，"他用几乎听不见的声音说道，"我还是一事无成……我耽搁你们了。"

"阿廖沙，"玛丽安娜低声唤道。

"没什么……很快就死了……你还记得吗，玛丽安娜，在我的……诗里……'用鲜花包围我'……花在哪儿呢？你却在这里……在那，我的信里……"突然，他浑身都哆嗦起来。

"啊，她来了……把你们的……手……交给对方……在我面前……快……给……"

索洛明举起玛丽安娜的手。她的头靠在沙发上，脸朝下，紧挨着他的伤口。至于索洛明，他僵硬地、笔直地站着，脸色像黑夜一样阴沉。

"这样，是的……就这样。"

涅日丹诺夫又开始喘息，但这一次是以一种非常奇怪的方式；他的胸膛鼓起，两侧塌陷下去……显然，他努力把他的手放在他们紧握的手上，但他的那只手已经死了。

"他要死了，"站在门口的塔季亚娜低声说，她开始在自己身上画十字。抽动的呼吸声越来越少，越来越短；他仍在用目光寻找玛丽安娜，但是一层可怕的乳白色已经从里面遮住了他的双眼。

"很好！……"这是他最后的遗言。

现在，他已经不在了，但索洛明和玛丽安娜的手仍然紧握在他的胸前。

20. 从这种纯净的忧郁和有节制的悲伤出发，到狄更斯那里看看他关于小内尔①之死的描写，或者去看看乔治·艾略特对玛吉·塔利弗②之死的描写。我不揣冒昧地认为，不需要我来置喙就可以看出其中的差异；而这种差异，很遗憾，于英国的大师们并不有利。

21. 俄国人的节制不仅在描写悲伤的时候令人震惊，在描写自然的时候亦是如此，无论是英国人，还是俄罗斯人，都喜欢在文学中描写这两个领域，两种文学为进行这一比较提供了十分丰富的材料，我冒昧引用狄更斯的一段章节来说明俄罗斯人如何处理此类问题：

可敬的风偏要向落叶这种可怜的造物来复仇，这是一种无伤大雅的暴行；但是，风刚戏耍完那条受辱的巨龙，又冒出了一大堆树叶，它把它们吹得四下奔逃，有的吹到这儿，有的吹

---

① 《老古玩店》的小主人公。
② 《弗洛斯河上的磨坊》的女主人公。

第一讲 导言

到那儿，相互倾轧着翻滚过去，纤细的边缘转来转去，疯狂地飞向空中，在极度的无助中表演着各种各样的把戏。这还不足以让它发泄怒火，因为它不满足于只把它们赶出去，它瞄准一小堆叶子发起攻击，把它们直吹到车匠的锯木坑里、院子里的木板和木头下面，把锯末吹得漫天飞舞，它在下面追逐着它们，要是找到任何一片，就看吧！它是怎样驱赶着它们，紧追不舍！

而这样做也只会让惊慌失措的树叶飞得更快而已，这是场令人头晕目眩的追逐，因为它们飞入了没有出路的绝境，而它们的追逐者就在那里逮住了它们，任意旋转它们来取乐，它们有的躲到了屋檐下，有的像蝙蝠一样紧贴着干草垛的边缘，有的猛冲进敞开的窗户里，有的蜷缩在篱笆旁，总之，为了活命，寻找一切安全之所。

（选自《马丁·朱述尔维特》）

22. 这段文字最主要的缺陷在于它没有向你描述风，狄更斯真正看到的东西，而只是描述了狄更斯以为他看到的东西。他呈现给你的不是原汁原味的事实，而是演绎后的内容，而演绎后的内容正如你现在看到的，与事实相去甚远；他给你描述的不是场景，而是场景在他脑海中产生的效果；当狄更斯不再描写真实的画面，而是一种惊人的情感时，他笔下的场景就显得华而不实、戏剧化且虚假。请注意，这风是可敬的风，但它也遭到了小小的暴行，所以它来复仇，这股复仇之风并没有像你期待的那样漫天飞舞，而是非常悠闲，像是在饭后散步一样，变成了一股可敬的风，而复仇行为和它的可敬并不矛盾。这股可敬的风，没有任何动因突然就变成了一股恶风。你看，他不再是一股复仇的风，因为复仇意味着风遭受过某种恶行，这才驱使它来复仇，而恶意无须任何借口，因为恶行除了天性邪恶之外不需要任何理由，而复仇总是要事出有因。而这股正直的、悠闲的风时而复仇,时而恶毒,反复无常、莫名其妙地改变自己的挺拔的姿态,跪下来,把头伸到木头下面,风变成了——偷窥者!

23. 这种描写也许很优美,很有诗意,甚至富于戏剧性,但这并不真实,因为狄更斯从未见过这样的风,否则他的比喻就不会那么含混不清。我们通过想象看到的东西的确如亲眼所见,但是由清晰的视觉印象生成的比喻才是最纯净的。因此,这种描述因失真而过剩;因为过剩、不节制而降低了品格。

现在我们看一下托尔斯泰对乘马车途中遭遇暴风雨的描述:

> 离最近的村子还有大约十俄里,但是天知道是从哪里飘来一大团紫黑色的乌云,一丝风都没有,云团却迅速地向我们袭来。太阳还没有被云层遮住,明亮地照耀着黑色的云团和从云团一直延伸到地平线处的丝丝缕缕的灰云。远处不时有闪电闪过,隐约传来低沉的轰鸣声,声音逐渐增大,越来越近,渐渐变为断断续续的雷声,响彻整个天空。瓦西里从赶车的座位上站起来,拉上车篷。车夫们穿上厚呢长外套,每打一个雷,他们就摘下帽子,在身上画十字。马儿竖起耳朵,鼓起鼻孔,仿佛在嗅逼近的雷雨云带来的新鲜空气,四轮马车在尘土飞扬的路上越跑越快。我非常害怕,感觉血液在我的血管里流得更快了。但是,乌云的先锋队已经开始遮住太阳;现在它只能最后再往云层外面看一眼,阳光照亮了地平线上可怕的暗影,然后就消失不见了。天地骤然变色,呈现出一片阴沉沉的景象。白杨树林开始颤动,树叶变成了灰白色,在紫色乌云的映衬下这种颜色显得格外突出。树叶沙沙作响,不停地旋转;高大的白桦树的树冠开始摇晃,一簇簇干草飞过马路。雨燕和白胸燕在四轮马车周围盘旋,从马匹下面飞过,似乎想要阻止我们;乌羽凌乱的寒鸦侧着身子逆风飞去;我们已经系好的皮挡布的边缘被掀起,潮湿的风灌了进来。皮帘子不停拍打着马车的车身。

闪电似乎穿过了四轮马车,亮得令人目眩,一瞬间照亮了灰色的呢子、花边和蜷缩在角落里瓦洛佳的身影。与此同时,在我们头顶的正上方传来了响亮的轰隆声,那声音仿佛安上了螺旋桨,越升越高,越传越广,力量逐渐增强,直到变成震耳欲聋的霹雳,使人不由自主地颤抖着屏住呼吸。老天爷发怒了!在老百姓的这种观念里有多少诗意啊!

车轮越转越快。从瓦西里和不安地挥动着缰绳的菲利普的背影,我看得出他们很害怕。四轮马车迅速冲下山坡,轰隆隆地驶上木板桥。我吓得一动也不敢动,以为我们随时有可能一起毁灭。

咔嚓一声,马车上的辊轴断了,尽管雷声震耳欲聋,我们还是不得不停在了桥上。

我把头靠向马车的一侧,心底一沉,屏住呼吸,灰心丧气地观望着菲利普那粗黑的手指头做出的各种动作,他先是慢悠悠地打了个结,然后一边拉紧缰绳,一边用手掌和鞭子抽打那匹拉边套的马。

随着暴风雨越来越猛烈,我心中悲伤和恐惧引起的不安在不断增加;但是在雷声响起之前的那个庄严沉寂的时刻,我的这种心情才会发展到极限,如果这种状态持续一刻钟,我相信我一定会惊慌而死。这时候,桥下出现了一个人,穿着一件又脏又破的衬衫,脸庞浮肿,看上去有点蠢,他的头发剃得很短,摇摇晃晃的脑袋上没有任何遮挡,一双罗圈腿瘦骨嶙峋,一只手没了,只剩下一截又红又亮的残肢,他直接将残肢伸进了马车里。

"老——老——老爷!看在基督的面儿上,救救一个残废吧!"乞丐病恹恹地说道,每说一个字就画一个十字,并向我们深鞠一躬。

我无法形容当时占据我灵魂的那种胆战心惊的感觉。我汗毛倒竖，因恐惧而失神的双眼紧盯着那个乞丐。

  一路上乐善好施的瓦西里正在指点菲利普如何固定好辊轴，等一切都弄好之后，菲利普收起缰绳，爬上车座，他这才开始从侧兜里掏东西。但是，我们刚一启程，一道耀眼的闪电就劈了下来，峡谷里瞬间充满了火焰般的光芒，马匹也停了下来，紧接着，没有任何间隔就响起了震耳欲聋的雷声，好像整个苍穹都在我们的头顶上方摇摇欲坠。风越来越大，马的鬃毛和尾巴，瓦西里的外套，皮挡布的边缘，在狂风中都朝着一个方向绝望地摆动着。一大滴雨水重重地落在了四轮马车的皮车顶上，接着是第二滴，第三滴，第四滴；突然，好像有人在我们头上敲鼓一样，到处都传来簌簌的节奏均匀的落雨声。从瓦西里胳膊肘的动作，我看得出他正在解钱袋；乞丐仍在不停地画十字，鞠躬。他紧贴着车轮跑着，近得似乎随时有可能被车轮碾碎。"看在上帝的份上！"最后，一个铜板从我们身边飞了过去，那可怜的家伙惊讶地停在路中间，他的破衣烂衫湿透了，紧贴在他瘦弱的身体上，他在风中摇晃着，从我们的视线中消失了。

  强风把雨丝吹得偏向一边，瓢泼大雨倾泻而下。小水流不停地从瓦西里的粗呢外套上汇集到皮挡布上已经形成的脏水洼里。起初，被雨滴击中的尘土变成了泥浆，车轮从上面碾过，颠簸减少了一些，车辙里流动着浑浊的泥水。闪电照亮的范围越来越宽，越来越亮，在节奏均匀的雨声里雷声显得不那么令人胆战心惊了。

  现在雨变得不那么猛烈了；乌云开始散去，分解成一朵朵波浪起伏的云彩，太阳在本就属于它的位置上发出了亮光，透过乌云灰白色的边缘，隐约可以看到一小片湛蓝色的天空。又过了一会儿，一缕羞怯的阳光照进了路边的水洼里，照在了仿佛透过筛子落下来的又细又直的雨丝上，照在了路边刚被雨水洗过、闪闪发光的青草上。

> 黑色的雷雨云以同样骇人的方式遮住了天空的另一边，但我已经不再害怕了。我体验到一种难以言喻的快乐的、对生活抱有希望的感觉，它很快取代了我心中沉重的恐惧感。我的灵魂像面貌一新、生机勃勃的大自然一样微笑着。①

24. 关于"谦逊"这一特点，英国文学和俄罗斯文学同样提供了非常有益的比较。俄罗斯没有引人关注的自传作品。那里的人忙于艺术，没有多少时间思考自己。屠格涅夫写回忆录，只写有关他人的回忆，而不是关于自己的；只是偶尔带着少女般的羞涩寥寥数语谈到自己的过往。托尔斯泰确实写过一本自传，其自传之诚恳堪比卢梭，认真程度堪比密尔②，但这仅仅是因为他相信，他对其自身所经历的精神斗争的描述，会对那些不得不与生活中的困境作斗争的人们有所帮助。但关于他们的个人生活的历史，除了一点线索之外很少能找到更多的东西。再看看吉本、利·亨特、密尔的自传，卡莱尔的回忆录，以及拉斯金在他自传体速写中事无巨细的叙述。不是说英国人高估了他们的价值和重要性，而是俄罗斯人似乎对私人事务都有一种本能的分寸感。

25. 这种品味上的纯净很大程度上是源于其文学发展过程中的一个特殊情况。与其他国家不同，在俄罗斯，文学在很长一段时间里都是受过良好教育的富裕阶层的唯一爱好。俄国文学中几乎所有名声显赫的人物，像普希金、莱蒙托夫、赫尔岑、屠格涅夫、茹科夫斯基、格利鲍耶陀夫、卡拉姆津、托尔斯泰，全都是贵族，即使出身不是贵族，但至少成长的环境也是贵族式的。从人民中产生，受人民滋养，生活在人民之中的文人墨客，如彭斯③、贝朗瑞④、海

---

① 选自托尔斯泰自传体小说《少年》。
② 密尔（J. S. Mill），即约翰·穆勒。
③ 罗伯特·彭斯（1759—1796），苏格兰民族诗人，游吟诗人。
④ 皮埃尔·让·德·贝朗瑞（1780—1857），法国诗人，民谣作家。

涅①之类的作家在俄罗斯皆默默无闻。我已经说过，俄罗斯的土壤不能孕育出具有原创性的东西；俄罗斯文学本质上是一种被俄罗斯化了的模仿文学，因此，要得到模仿的力量必须有时间去找寻、甄别、复制，而为了实现这种休闲娱乐，财富是必不可少的。

26. 这种独创性的缺失已经被证明对俄罗斯文学来说是一项福祉，几乎已经弥补了这一缺憾。因为这样，文学就落入了有闲阶级的股掌之中，他们不必为面包而斗争，文学在俄罗斯从来没有受到供需法则的制约，美元也从来没有像我们这里一样成为文学的，虽然只是暂时的，但却是不可违逆的仲裁者。因此，俄罗斯文学的纯粹性就来源于此。狄更斯需要金钱，因此他把他的讽刺作品拉伸到只有大码靴子才能跨越的长度，在冗长程度上只有萨克雷可以匹敌。然而，果戈理不仅压缩了他的章节，甚至因为作品没能最佳地体现他的艺术才华而将他的杰作《死魂灵》第二部全部烧掉。乔治·艾略特的写作标准是每部小说要写三卷本，她必须用各种各样言之无物的描写和空洞乏味的沉思来填充她的故事，而屠格涅夫则是对自己的作品打磨再打磨，直到他被指责省略太多而不是添加太多。美国在世的最伟大的作家（我说他是最伟大的，因为他精神最纯洁，心灵最温柔，思想最自由），仍然可以每年创作一部小说，年复一年，就像每天早餐时都吃下一块面包店的松饼一样规律。比较一下俄罗斯文学大师托尔斯泰，因为品味过于挑剔而对自己的杰作《安娜·卡列尼娜》好几个月都弃置不顾！因此，最近让文学界愤怒的问题，"为什么阿斯特夫人从不邀请文学界人士到她家用餐"，在俄罗斯根本就不可能提出这种问题。只有在这样的国度，关于一本书出版商提出的第一个问题不是它好不好，而是它值多少钱，才有可能出现这样的问题。

27. 因此，在俄罗斯凡是稍有些名气的作品都是字斟句酌、精雕

---

① 海因里希·海涅（1797—1856），德国诗人、散文家。

细刻的结果；作为艺术品，俄罗斯大师们的作品几乎都是货真价实的杰作。我非常有信心对屠格涅夫、托尔斯泰、果戈理和普希金说出这样的话，但是我认为俄罗斯文学中那些光芒稍弱的作家也堪当此言。俄罗斯文学中的真诚、忠贞以及真实性使文学本身成为一种美的东西，而不是完成某种善行。读完《汤姆叔叔的小屋》，你不禁会问："这本书对美国的奴隶制有什么影响？"而读完屠格涅夫的《猎人笔记》，虽然这本书为农奴做了同样多的事情，但你却不会问"这本书为农奴做了什么？"因为农奴已经不存在了，你就不会再想起他们。在你面前好像是一个万花筒，你思考的是从书页的字里行间传递出来的无数美好的东西。如果"成为什么"比"做了什么"更了不起的话，那么俄罗斯文学就是真正的原创，尽管它的形式是借来的；但是在借鉴来的形式中他们注入了不是表面上的，而是真正的原创性。

28. 俄罗斯作家的真诚促成了俄罗斯文学的第三大美德，其他国家的文学只在很低的程度上拥有这一美德。俄国作家首先非常认真，他们没有时间去享受纯粹的娱乐和消遣。哥德史密斯①创作《蜜蜂》和《世界公民》，艾迪生②发行《旁观者》，以及其他写此类作品的作家们，虽然这些作品是带着高尚的情感完成的，但是他们写作此类作品除了让自己的早餐更美味可口之外并没有更高尚的目的，——而这些在俄罗斯是不存在的。在俄罗斯的确有像艾迪生的随笔那样供人消遣的美文，但写作此类作品并不单纯是为了娱乐，因为驱使作家写作的动力不是快乐。相反，他们是用心血在写作；对俄国人来说，"生活是真实的，生活是严肃的"③，而不仅仅是消遣。一位俄国画家曾经做过一次观察，这次观察众所周知但又奇异

---

① 奥利弗·哥德史密斯（1728—1774），英国小说家，剧作家，诗人。
② 约瑟夫·艾迪生（1672—1719），英国散文家，剧作家，诗人，政治家。
③ 选自亨利·沃兹沃斯·朗费罗的《生命之歌》。朗费罗（1807—1882），美国诗人，教育家，翻译家。

地被遗忘了。观察结果是基督从未笑过！

29. 然而，在灵魂与生俱来的天赋，即精神资本作为文学命运的主要向导的同时，也有其他一些因素影响着文学的进程，其中最主要的一点就是政府对人民的统治。在大多数国家，政府对文学的影响微乎其微。莎士比亚的戏剧，弥尔顿①的《失乐园》，都没有受到英国政治斗争的影响。弥尔顿唯一受英国政治影响的作品是他的一篇散文，这篇散文属于文学，只因为它给《失乐园》的作者带来了一些启示。但丁的《神曲》虽然充满了他那个时代的政治斗争，但几乎没有受到政府的影响。在其他国家，政府对人民的统治也和它的文学一样，皆受到与生俱来的灵魂禀赋的影响；政府和文学是两股并排流动的、并行不悖的溪流，很少相互干扰。然而，在俄罗斯，政府对文学具有强大的影响力，其影响造成的最明显的后果就是大多数俄国作家都英年早逝。卡莱尔曾经歌唱文学家平静安宁的生活，称其为延年益寿的法门。然而，在俄罗斯，其政治统治者和精神统治者都有同样的宿命；正如大多数统治者都死于非命一样，大多数俄国作家也同样死于非命，或是以不正常的方式过完一生。马克·吐温说过一句妙言，他说床是最致命的地方，因为大多数人死在床上，这句话并不适用于俄国皇帝和俄国作家。他们中很少有人在床上安然离世。格利鲍耶陀夫被暗杀；普希金和莱蒙托夫被谋杀；果戈理被发现死于身体上的饥饿，而别林斯基则是死于精神上的饥饿，巴图什科夫同样死于精神饥饿；陀思妥耶夫斯基和车尔尼雪夫斯基在监狱里度过了他们一生中最美好的时光；屠格涅夫因流亡在外才得享天年，托尔斯泰通过耕田犁地才活到耄耋之年。政府对于俄罗斯文学界人士如此怪异的非正常生活，负有不可推卸的责任。一个专制政府，如果觉得自己有必要把文学紧裹在襁褓之中，并且建立一种审查制度，甚至不惜对艺术家的创作进行字斟句酌的修改来改

---

① 约翰·弥尔顿（1608—1674），英国诗人，政治家。

变作品风格，那么它所做的一切不过是缩短文学的生命而已。因为文学是一朵花，一旦被不洁的手触碰就会凋零枯萎，而审查官粗鲁的手与"圣洁"二字相去甚远。

30. 因此，俄罗斯文学不仅现在只是有可能发展为一座大厦的一个碎片，一块砖头，而且在未来的很长一段时间内，它也必将仅仅是个碎片而已。正如柏拉图身上有苏格拉底的影子，亚里士多德身上有柏拉图的影子，经院派学者身上有亚里士多德的影子，就像歌德身上有莱辛的影子，海涅身上有歌德的影子，而年轻一辈德国人身上有海涅的影子一样，伟大的文学之父的特征总是会在后辈身上重新出现。尽管复现的特征十分微弱，但是复制现象却一直存在。但是在俄国，在果戈理继承了普希金、屠格涅夫继承了果戈理之后，应该继承屠格涅夫和托尔斯泰遗留下来的宝贵财富的那一辈人却被埋葬在要塞和监狱里。正如在美国，金钱吞噬了文学的抱负，使爱默生、霍桑、普雷斯科特和莫特雷在智慧上成为无后之人一样，在俄国也是如此，独裁统治吞噬了文学财产，这些文学大师也成了无后之人。

31. 幸运的是，尽管俄罗斯文学的崇高精神被专制统治剥夺了在俄罗斯土地上传播的一切权利，但是却以一种、我只能称之为天意的力量在国外的土地上传播开来；如果西方文学现在正处于由怀疑主义、缺乏敬畏、金钱至上以及被误解为文化的冷酷的知识论共同形成的泥沼中停滞不前，亟须净化，那么这一净化必将肇始于俄罗斯吹来的富有生命力的气息。这就是当前俄罗斯作家广受追捧的真正意义。在他们身上有一种力量，群众本能地认识到这种力量是神圣的；人们感受到了，并寻找这一力量，而魔鬼，像往常一样，总是为了自己的目的第一个跳出来遏制人们身上任何高尚的冲动，大众对神圣的追求遂演变成了一种虚假的、时髦的狂热之情。愤怒与繁荣皆来自于此。每一种高尚的追求都必将经历过这样一个虚假的谎言阶段。随着时间的推移，真理的阶段一定会到来，时机一到它就会不请自来。人们将来还会继续阅读俄罗斯作家们的作品，不再是因为这是一种时尚和狂热，而是因为他们的作品中有来自天堂的信息要传递给那些双眼尚未失明、耳朵尚未失聪的人们，那是关于真诚、热忱、爱的信息。在这之后才会到达真理的阶段。

32. 俄罗斯文学因为受到政府的种种制约反而让它的大师们培养出了一种优秀品质，这一品质与真诚、朴素或节制相结合形成了一种"三位一体"的最美好的优雅，我说的是他们的自由。你确实听说过，一些批评家们提着鸽子笼、带着码尺四处走动，测量每一个作家，给他贴上标签，并把他放进合适的鸽子窝里，从这样的批评家口中你会听到很多关于古典主义、浪漫主义和现实主义的论述，以及在不同时代它们在俄罗斯文学中的流行程度。千万不要相信他们！一个值得归类的俄国作家不是任何一个学派的奴隶；他是自由的，因为他只崇尚真理，只有真理才能使人自由，他本人自成一派。果戈理是现实主义者吗？他的确描写了现实，但他给现实注入了只有理想主义者的眼睛才能看到的美。屠格涅夫是现实主义者吗？当他为天空无法形容的美丽而震动时，他的描写就是为你们将这理想中的天空记录下来。当托尔斯泰因一种道德情感而激动不已时，他就会对现实进行理想化的叙述。因此俄国人不能被归类。他们都只属于一类人，即那些不能被归类的人。

33. 因此，俄罗斯文学一直赖以获得滋养的西方，如今已到了需要从前的孩子来反哺的垂暮之年。这个孩子将成为人类的父亲；俄罗斯文学从此将成为西方精神再生的源泉。因为未来为自由而战的勇士们将不得不在佩罗夫斯卡娅[①]、巴尔金娜[②]、扎苏利奇[③]这类人

[①] 索菲亚·利沃夫娜·佩罗夫斯卡娅（1853—1881），俄国民意党执行委员会成员，直接领导了刺杀亚历山大二世的行动。

[②] 索菲亚·伊拉里昂诺夫娜·巴尔金娜（1853—1883），十九世纪七十年代俄国民粹主义运动著名活动家。

[③] 薇拉·伊万诺夫娜·扎苏利奇（1849—1919），作家，俄国及国际社会主义运动活动家。

物以及西伯利亚雪原上无数无名的受害者们身上寻找英雄主义的楷模，因此，我以为，从今往后，作家们必须从俄罗斯人那里寻找艺术的典范：在果戈理那里找寻纯粹的幽默，在屠格涅夫那里感受对自然之美的崇拜，在托尔斯泰那里学习对道德之美的尊崇。

第二讲

普希金

1. 我在第一讲中已经说过，应该把普希金看成一个歌者。普希金除了歌唱之外，的确做了其他很多事情。他不仅写诗和民谣，还写过故事：散文体故事和诗体故事；他还写过小说、戏剧，甚至历史作品。他虽然涉猎甚广，但他只是个歌者。只需粗略地看一眼他的作品，就足以看出属于他的位置在哪里。我用"属于"一词，是因为他所占据的位置与作者的功绩并不相称。在盲人当中独眼者就是国王，当独眼者普希金（因为此人审视道德的那只眼睛尚未睁开）出现时，在俄罗斯还没有真正的歌曲，只有喧哗吵闹和铜锣的鸣响；普希金的声音被誉为一切声音的基础，因为在普遍存在的喧嚣中，他的声音至少是清晰的。他最富有野心的作品《鲍里斯·戈杜诺夫》并不是一部将诗人心中不断斗争的思想落实到艺术上的戏剧，而仅仅是一系列描绘得十分精彩的画，而且不是为灵魂而画，只是为视觉感官而画。他的作品《叶甫盖尼·奥涅金》中有许多优美的诗句，机智诙谐的语言、尖刻的嘲讽，以及傲慢的蔑视，但是没有从正义的心灵中燃烧出来的愤怒。他的讽刺常常使你会心一笑，却不能激起你的愤怒。普希金在他的《叶甫盖尼·奥涅金》中经常令你感到愉快，却从不让你义愤填膺。普希金在文学上就像社会上光鲜亮丽的俱乐部人士一样。在社会上，那些反复讲着最令人愉快的话语、最有趣的轶事、说话最流畅自如的人，要比那些只讲肺腑之言的人更能吸引人们去倾听。普希金之所以能在文学中占据现在的位置，是因为他才华卓越，诗文优美，语言精辟，才智犀利，锋芒锐利。但是他没有追求，没有期望；那些使真正伟大作家的作品成为有益之作的因素在他那里一点都没有。简而言之，普希金没有贡献出任何东西。只有自己拥有的东西才能给予他人，而普希金是个精神上的贫民。

2. 这一点无论是对于他那些经久不衰的作品，还是那些次要作品都同样适用。它们都带有来自肤浅的表面，而非心灵深处的印记。他的《高加索的俘虏》、他的《巴赫齐萨莱喷泉》和他的《茨冈人》，都受到拜伦的直接影响，这种影响成为一种额外的负担将作品压得喘不过气来。因为健康本身是自足的，只有疾病才会传染，而拜伦自己的心灵也不健康，所以他只能传播疾病，而不能带来健康。此外，拜伦除了歌唱天赋外，他在道德上还对腐败堕落的环境感到愤慨。而普希金甚至没有这个可以救赎他的特征。

3. 因此，普希金不是一个诗人，而只是一个歌者，因为他不是一个生产者，一个创造者。他的任何作品都没有一个可称为代表性的思想。他的创作纯粹是一种技巧。没有任何思想在他的血液中澎湃喷薄使他不得安宁，直到以艺术形式表现出来为止。他的作品纯粹是一种力图表达自己的技巧，因为他要表达的东西太多，多到连他自己都无法控制。普希金没有提供什么东西可以让人收为己用。他所给予的一切都是快乐，而他所给予的快乐不是饥饿之人从一口营养丰富的牛奶中所感受到的那种快乐，而是一个饱足的人从一口美酒中得到的快乐。他只是美的鼓吹者，没有任何终极目的。果戈理用他的美感和创造者的冲动来抗议腐化堕落，发泄自己的道德愤慨；屠格涅夫用他的美感作为武器，与他自己和人类最危险的敌人作斗争；托尔斯泰用他的美感来宣扬永不过时的爱的福音。但是普希金的美感只是用来将美表达出来。他唱得像海妖一样美，但是毫无目的。因此，尽管他是俄国最伟大的韵文作者，但请注意，他不是诗人！——他只能列入俄罗斯最末流作家的行列之中。

4. 在他早逝的生命接近尾声时，他确实表现出了一些更好的倾向。在《上尉的女儿》中，他描绘了一种带有英雄主义的淳朴，那些画面的确让人耳目一新，这让普希金变得真正高贵起来。这是一篇纯净无瑕、波澜不惊且赏心悦目的作品，简言之，《上尉的女儿》无论在俄罗斯还是在国外都是出类拔萃的佳作。只有戈德史密斯的《威克菲尔德牧师》、果戈理的《塔拉斯·布尔巴》以及一个瑞士神父写的《扫帚商人》才能与其相提并论。但是，这是一种低层次和卑微的高贵，当然对一切高贵的东西都应该心存感激，无论是诚实的农夫在静默中耕耘土地的那种高贵，还是温文尔雅的朗费罗在同样的静默中酝酿微小的灵感时的那种高贵。但是，夜莺有夜莺的高贵，雄鹰有雄鹰的高贵，羔羊有羔羊的高贵，狮子有狮子的高贵，与果戈理、屠格涅夫和托尔斯泰的雄伟壮丽相比，普希金的高贵尽管已经达到了自己的极限，但仍然黯然失色。

5. 普希金只是个歌者，因此他只有在写抒情诗时才能达到最佳状态。但抒情诗的本质是音乐，音乐的本质是和谐，和谐的本质是形式，因此普希金的形式之美是无法超越的，在歌者当中他无可匹敌。他的灵魂是真正的埃奥洛斯风神竖琴①。一有风吹来，他的灵魂就充满了乐感。他的优雅堪比海涅，从容堪比歌德，而他的旋律堪比丁尼生②。我已经说过，普希金不是一只翱翔天际的雄鹰，而是一只栖息在树上歌唱的夜莺。但是其形式的完美使他的抒情诗几乎不可译，只有那些能够用原文阅读的人才能领略它的至美之处。

6. 因此，在向你们推荐普希金时，占其作品十分之九的仅出自其双手的作品——戏剧、小说、散文或诗歌体的浪漫主义传奇——我不会介绍给你们，而只介绍仅占其作品十分之一的出自其心灵的创作。因为普希金本质上是一个抒情歌手，源自他生命中这一方面

---

① 一种弦乐器，有8—13根弦。
② 阿尔弗雷德·丁尼生（1809—1892），英国诗人。

的任何东西都是名副其实的原创；其他一切，无论是出于他的雄心还是模仿，都不能称为他独一无二的、旁人无法取代的作品。普希金要传递给同胞们的信息就在他的抒情诗中。

7. 然而，在继续研究歌者普希金之前，有必要建立一个评价其成就的标准。为了确认普希金离最高处曾经多么接近，我斗胆给你们读一读下面这首诗，这是人类的灵魂乘着歌声的翅膀能够飞到的最高空。

强者之歌
威廉·罗斯科·塞耶①

我是不朽的！
我在岁月中跳动；
我是生命的
一切阶段的主人。

渴望爱侣的人
血液加速流淌，
在心已上冻的年纪，
我把雏菊盖在身上。

往下面的苍穹里
抛下一颗颗星辰，
从大地之床上唤醒
沉睡的康乃馨。

我点燃并扇动火焰，
我在火焰中大笑，

---

① 威廉·罗斯科·塞耶（1859—1923），美国作家。

我在虫子里爬,
我在地球上奔。

我离开它的摇篮,
引领河流向前;
我闪亮,我颤抖,
在闪电和地震之间。

风是我的呼吸;
海是我的胸膛;
变幻是我的外表;
永动是我的内瓤。

自大的科学家
想把我称重、分解,
他们的智慧已衰竭,
我避迹敛影,隐匿无踪。

我的目光
是一道道星光,
我的声音
在星球间荡漾。

我是君王,
能把一切联结。
我把原子聚在一起,
又让它们四分五裂。

我行踪不定,
朝西暮东。
我让树木枯萎,

> 我让花蕾凋零。
>
> 我永远自在，
> 无物能将我捆绑；
> 我像转瞬即逝的思想，
> 发现我时我已不知去向。

8. 我认为此类诗歌（很遗憾，在任何语言中这样的诗都很少有）站在了诗歌理想的顶峰。因为它不仅形式完美，而且是人类亲手创造出来的美，作为一首赞美诗，它的主题是至高无上的，是对上帝的赞美，尽管上帝的名字并没有出现在里面。因为天堂是什么？天堂是那样一个地方，在那里人与人之间情谊深厚，在一方富足的时候不会让另一方受穷；在那里，个体被关怀得无微不至，以至于他不需要任何人的帮助。但如果无论是为亲人还是为自己都不再需要辛苦劳作，那么除了赞美上帝和歌颂各种造物之外，灵魂还有什么可做的呢？像上文这种赞美诗就出自一个天堂般平静的灵魂。而在想象中只有天使才拥有那样的灵魂；因此，灵魂的最高境界就是它完全摆脱了尘世间的各种利益，只充满了敬畏与崇拜。我认为，这首《强者之歌》出自一个已经脱离了尘世、获得自由的灵魂，至少在写作这首诗的时候是这样。

9. 这样的诗已经达到了标尺的尽头，即最高点，因为它满足了灵魂的最高需求，而在相对的另一端的尽头，即最低点，满足的是灵魂最低的需求，满足它对新鲜感和好奇心的需求。这是通过纯粹的叙述性写作来完成的，下面是一个很好的例证：

黑披肩

> 我发狂地盯着那条黑披肩，
> 冰冷的灵魂被悲伤扯断。

年轻的时候我总是轻信,
深爱着一个年轻的希腊女人。

迷人的少女令我快乐,
但很快便迎来了黑暗时刻。

有一天,欢乐的客人聚集一堂,
讨厌的犹太人把我的大门敲响。

他低声说,你在宴客畅饮,
而你的希腊少女已经变心。

我骂了他,也给了他钱,
把忠实的仆人唤到身边。

我们出了门,我纵马飞奔,
心中没有丝毫怜悯。

刚一看到她家的门槛,
我就两眼发黑,疲惫不堪。

我独自走进幽僻的卧房,
亚美尼亚人正在亲吻不忠的姑娘。

黑暗笼罩着我:宝剑倏忽一闪;
坏蛋的亲吻还没来得及中断。

我长时间地踩着他无头的尸身,
沉默地、苍白地盯着那个女人。

我记得她的哀求,她流淌的鲜血,
希腊姑娘死了,我的爱已永别。

我从她死去的头上取下黑色披肩,

> 默默地擦拭着滴血的宝剑。
>
> 我的仆人趁着漆黑夜色，
> 把他们的尸体扔进汹涌的多瑙河。
>
> 从此我不再亲吻迷人的双眼，
> 从此我再也没有欢乐的夜晚。
>
> 我发狂地盯着那条黑披肩，
> 冰冷的灵魂被悲伤扯断。

10. 作者在此处的目的仅仅是讲述一个故事；而成功的衡量标准就是一个作家是否有能力运用自己的方法来达到目的，因此必须承认普希金在这方面是非常成功的。因为这个故事讲得很好；讲得好是因为讲得很简单；故事情节不断发展，不受任何旁枝末节的干扰。因此，这首诗在它的等级中是最高明的，但它所处的却是最低的等级。

11. 虽然这个故事讲得很好，但它终究只是个故事罢了，除了满足好奇心和供人消遣之外，没有更高的目标。它的艺术目标仅仅是忠实地复制事实，成为一张照片而已；而且，这故事与情感并无关系，只能算是一种激情，还是一种卑劣的激情；这种激情就是嫉妒，它本身就是一种丑陋的东西，而丑陋之物结出的果实就是更加丑陋的东西——谋杀。因此，这个主题不是美的东西，我认为艺术的唯一任务首先是反映美的事物。平庸、卑鄙、丑陋，只有当它们能够为更高的目的服务时，才是适合艺术的题材，正如品尝艾草的唯一原因是有益健康一样。但是在这里缺少更高的目标。因此，我把这样一首诗放在艺术的最底层。

浪漫曲[①]

秋天的傍晚，阴雨绵绵，
一个姑娘走进了荒原；
颤抖的双手紧握着
不幸爱情的神秘恶果。
万籁俱寂，山林无声，
沉睡在夜的黑暗中。
她小心地四下张望，
恐惧而惊慌。

她叹口气，目光落下，
看着无辜的婴孩：
"你睡着了，我的孩子，我的悲伤，
你不知道我的哀伤。
你的眼睛会睁开，会充满渴望，
但你却不会再依偎在我身上。
你那不幸的母亲，
明天不再给你任何亲吻。

"我永远的耻辱，我的罪戾！
你召唤她只是白费力气。
你会永远忘了我，
但我不会忘记你；
你会从陌生人那里得到佑蔽，
他们会说：你不属于我们这里！
你会问：我的双亲在哪里？

[①] 此诗篇名译自俄语原文，作者将此诗命名为《弃儿》。

但你找不到一个亲人。

"不幸的人儿!心中满是悲苦,
在伙伴们中间也感到孤独,
当你看到别人慈爱的母亲,
你的灵魂将无比阴沉。
孤单的浪子四处漂泊,
诅咒命运待你太薄,
你将听到令人不快的指责……
那时请你原谅我,哦,原谅我!

"睡着了!那么让我,哦,可怜的人,
让我把你最后一次搂在怀里;
可怕的不公正的法律,
注定了你我的痛苦。
趁着岁月还没有追上,
你天真无邪的幸福,
睡吧,宝贝,别让苦涩的哀愁
破坏你童年的平静!"

突然,树林后面的月亮,
照亮了附近的一座小房。
她面色苍白、浑身颤抖,
绝望地走到房前;
弯下腰,轻轻地把婴儿
放在别人家的门槛边。
她惊恐地转过双眼,
在黑夜中消失不见。

12. 这也是一首叙事诗，但它叙述出来的东西不仅仅是一个故事。这里添加了一个新元素。因为它不仅满足了我们对母亲和婴儿的好奇心，而且也打动了我们。它打动的不是我们的低级激情，而是激起了我们某种高尚的情感。在此我们被激起的不是像对黑披肩主人那样的愤怒，而是对这个无辜的婴儿的同情；即便是这个母亲，虽然她是有罪的，但也触动了我们的心灵。这首诗也像《黑披肩》一样，叙述者的艺术是完美的。只在为凸显场景的生动、为母亲和婴孩设置合适的背景画面时才有寥寥数笔的描写。但主题已经是在一个更高的层次上，因此，在等级序列中我将《浪漫曲》放在比《黑披肩》高一等的层级上。

13. 我刚才读给你们听的两首诗本质上来看都是民谣，它们的确涉及情感，但只是点到为止。他们的主要目的是讲述一个故事。我现在要给你们读一些更高层次的诗歌的例子，这些诗反映了灵魂在看到自然之美时所产生的那种纯粹的感情。我认为这样的诗歌是在一个更高的层面上，因为这种情感本质上是对自然力量的崇敬，因此也是对上帝的崇敬。归根结底，它是谦卑的灵魂在造物主面前的忏悔。正是这种情感的持续存在，使华兹华斯平淡无奇的作品具有了永恒的价值。华兹华斯很少能攀升到他在一首九行诗中达到的高度，这首九行诗的第一句是：

当我看见天空的彩虹
我的心雀跃不停。

但普希金在这方面总是在这个高度上。下面我要为你们读的第一首诗描写的纯粹是对自然之美的感受，没有任何刻意追求的道德目的。这是一首描写云的诗。

乌云

哦，暴风雨过后的最后一片乌云，
你孤零零地游弋在碧空；
唯有你投下忧郁的阴影；
唯有你让欢乐的日子暗淡。

不久前你还布满天空，
闪电冷酷地将你缠绕包裹。
你发出神秘的雷声，
用雨水浇灌干涸的大地。

够了，快走吧！你的时代已经过去，
大地焕然一新，风暴了无痕迹，
轻抚着树叶的微风，
正把你从平静的天空赶出去。

14. 请注意，在这里，诗人并无最终目的，只是表达了当他看到雷雨的最后残余飘向虚空时灵魂中充溢的那种美感。这种美感肇始于诺亚时代，当他看见与上帝约定的彩虹时人类的灵魂中充满了掺杂着惊叹与敬畏的崇拜之情。因此，从最崇高的意义上说，这首诗的确是美的。尽管如此，我还是认为下面这几行关于小鸟的诗句与《乌云》同属一个等级，甚至更佳。

鸟儿 ①

上帝的鸟儿，
不操心，不操劳；

---

① 节选自普希金长诗《茨冈人》。

也不用辛苦地编织
一个永久的巢。
长夜里在树枝上睡觉；
当火红的太阳升起，
鸟儿倾听上帝的声音
抖抖羽毛唱起歌。

当大自然的美人——春天
和炎夏已经过去，
晚秋的季节带来
雾和雨，
人们开始感到无聊、忧郁，
鸟儿飞向了遥远的国度，
越过蓝色的大海，飞入温暖的疆域，
直到春天再次飞回。

15. 在此类诗歌当中，这首诗是名副其实的瑰宝。它的主题不仅是关于美，而且是一种温柔之美。在我的听众当中，如果有谁能像诗人那样对着这只小鸟，这个上帝的孩子，产生这番遐思，定会感受到一种温暖的柔情悄悄地潜入他身体的每一个角落之中。但是其形式上的抒情之美，以及这首诗在我们心中激起的柔情，绝不是这首诗的最大优点。对我而言，这些诗句中几乎无以言表的美在于从它们身上闪耀出来的一种精神，那就是对上帝作为人类之父身份的绝对信任。"晚秋的季节带来了雾和雨，人们开始感到无聊、忧郁，鸟儿……"我的朋友们，诗人在这里写的是关于基督的天堂之言的注解，此文若是能被我们研究经济供求关系的精英们，或是一直害怕承担后果的相关或不相关的慈善部门阅读，必将大有裨益。如果我没有弄错的话，正是基督说的那句话："不要为明天焦虑……你们看天上的飞鸟，它们不播种不收割，也不把粮食积于谷仓，自有你们的天父喂养它们。"奇怪的是，这句话被人们忽略了。这些妙语，人们星期天还在讲坛上虔诚地念着，但星期一却在会计室和慈善机构的办公室里受到嘲笑。但是这位歌者被小鸟的这种信任所感动，因为这是无意识的信任所以更加美好，因此在诗句中用几乎无法企及的柔情与优雅来赞美它！

16. 然而，有一种创作境界，比肉身之眼所能看见的境界更壮美，更高贵。当灵魂从思索外在宇宙转向思索内在宇宙，转向思索情感和志向时，它必将飞向更高处。因此，无论是华兹华斯对蝴蝶、彭斯①对老鼠，还是拜伦对朋友唱出的诗句，只要是灵魂出于对上帝造物的情感和爱而唱出的曲调都属于高等佳作。在你们的英语中有简短的八行诗，它们因其简洁、温柔和深邃而成为此类诗歌的典范之作。

相册题诗

拜伦

就像一块冰冷、阴森的石头
某个名字绊住了偶然路过的人，
当你独自翻看这一页，
愿我的诗行能令你沉思凝眸。

也许就在以后的某一年
当你读到这些诗句，
忆起我就像忆起一个死者，
想想我的心就埋在这里！

17. 这是一首关于同类之爱的诗歌，这种爱使得彭斯、海涅、歌德在发现自己与他人心心相印时，首先就成为人类心灵的歌者。也

---

① 彭斯（1759—1796），苏格兰诗人。

正是这种感情使普希金的缪斯在下面这首诗中获得了永生：

一朵小花儿①

我发现忘在书中的小花儿——
它早已枯萎，失去了芳妍；
于是一连串奇异的遐想
顿时啊充溢了我的心田。

它开在何处？何时？哪年春天？
是否开了很久？又为谁刀剪？
是陌生人的手还是熟人的手？
又为什么夹在书页里边？

可是怀恋柔情缱绻的会面，
或是对命定的离别的眷念。
也许为了追忆孤独的漫步——
在静谧的田野，在林荫树间？

可那个他抑或她，尚在人寰？
如今，他们的栖身处又在谁边？
或是他们早已经凋谢？
如同这朵无名的小花儿一般？

18. 但是，成长中的灵魂从对个体的爱会适时地上升到对种族的爱；或者更准确地说，我们只爱某个人是因为他对我们来说是某种理想的化身。他身上令我们爱慕的品质一旦消失，也许我们对他仍

---

① 《一朵小花儿》，苏杭译，《普希金文集》第 2 卷，人民文学出版社 1995 年版，第 180 页。

保留善意，但我们对他的爱也会消失殆尽。这是因为灵魂在它不断向上、向天堂的飞升中总是对一些个人心怀爱意，希望在他身上找到它的理想和天堂的化身。但是对单独的某个人的爱无法填满一直寻找天堂的整个灵魂。只有理想，只有上帝，才能完全填满它。因此，对个人的爱就源自对理想的渴望，一种对大多数人来说仍十分模糊的东西的渴望，一种称之为无限也不为过的东西的渴望。

19. 海涅在一首八行诗中以无限的悲哀之情表达了这种渴望：

> 在北方的一个秃山上，
> 一棵松树孤独地生长，
> 他全身被冰雪覆盖，
> 他在白色的毯子下酣眠。
>
> 他梦见一棵棕榈树，
> 它长在遥远的东方，
> 在一块炽热的岩石上，
> 它孤独地暗自悲伤。

海涅将在寒冷天气里保持苍翠的松树作为这一渴望的象征，这是一种高贵的象征。但我不禁还是会感到，这是一个堕落天使，而普希金在处理同样的主题时能够赋予它上至天顶的高度和下至深渊的深度，这是海涅所缺乏的。

天使[①]

温柔的天使在天堂门口

[①] 《天使》，卢永译，《普希金文集》第 2 卷，人民文学出版社 1995 年版，第 114 页，译文略有改动。

低低地垂下头，十分耀眼，
而阴暗的和反叛的恶魔
这时候正飞临地狱的深渊。

否定的精灵，怀疑的精灵，
抬头观望着纯洁的精灵。
它第一次模模糊糊弄懂
感动的无法抑制的热情。

"请原谅，"他说，"我看见了你，
你并非徒然地向我辉耀：
我并非憎恨天上的一切，
我并非不屑世上的一切。"

20. 到目前为止，我们只是通过普希金那些无意识的歌声来追随他的脚步；只有在歌声中他的灵魂才如此饱满，以至于不得不找到一个出口，就是说，从他这方面来说没有做出任何刻意的努力。但即便是游吟诗人也无法保持这种孩童般的健康。因为大自然总是在循环中运转。从健康出发，最终灵魂的确又到达了健康，但是只有在通过疾病的道路之后才能抵达终点。灵魂成长过程中有意识阶段的相当一部分被怀疑、绝望和疾病占据。因此，当歌者开始沉思，开始进行哲理性思考，他的歌声就不再健康了。这就是拜伦和雪莱成果不多的原因。他们哀号不是因某种情绪而哭，而是他们整个人在哭；不是暂时性因健康失调而哭，而是因疾病而哭。另外，健康的彭斯所写的诗歌《人为哀痛而生》只是反映了所有成长中的灵魂必须经历的一个阶段。因此，普希金在成长过程中，也终于进入了这样一个时期，他写下以下几行诗句：它们是疾病的结果，但像所有的哀歌一样并不缺乏美感：

第二讲　普希金

"不论我漫步在喧闹的大街，
还是走进人很多的教堂，
或是坐在狂放的少年当中，
我总是沉湎于我的幻想。

"我自言自语；岁月如飞，
这里无论我们有多少人，
都将要走进永恒的圆拱——
有些人的寿限已经逼近。

"每当我望见孤零零的橡树，
我总想：这林中长老的年轮，
将活过我湮没无闻的一生，
如同他活过了多少代先人。

"每当我抚爱我可爱的婴儿，
我早就想向他说声：别了！
让我来给你腾个位置吧：
我该腐朽，你风华正茂。

"对于每一天，对于每一年，
我惯于让思索给它们送行，
我努力从岁月中猜度出，
何年何日将是我的忌辰。

"命运将在哪里给我派来死神？
在战场，客中，还是浪尖？
或者是将由附近的峡谷，
来把我这寒尸收敛？

"纵然对无知觉的尸体来说,
在哪里腐烂反正都一样,
但我仍愿意我的长眠处,
尽量靠近我可爱的地方。

"但愿在我的寒墓入口,
将会有年轻生命的欢乐,
但愿淡漠无情的大自然,
将展示它永不衰的美色。"①

21. 诗人的灵魂在挺过了腮腺炎和麻疹之后,现在它意识到了自己的天赋,并且开始有了自觉的目的。诗人开始道德说教,诗歌也变得合乎道德伦理。这是终极阶段的起点,如果灵魂继续健康地成长,它必将到达这一阶段;而普希金在歌唱时的确一直保持着灵魂的健康成长。因此,在他关于马的一首诗中已经具有了十分明显的目的。

骏马

勤劳的骏马啊,你为什么嘶吼?
为什么低垂着头?
不要摇晃你的鬃毛,
不要咬你的嚼子,
难道我没给你梳毛?
你的燕麦吃得不够饱?
还是你的马具不够美?

---

① 《"不论我漫步在喧闹的大街……"》,顾蕴璞译,《普希金文集》第 2 卷,人民文学出版社 1995 年版,第 215—216 页。

因为缰绳不是丝绸的，

马掌不是银质的，

马镫不是镶金的吗？

悲伤的骏马回答道：

"我停下脚步，

因为我听见了远处的蹄声，

号角和箭的呼啸声；

我嘶鸣，

因为我很久没有漫步田野，

生活就是被精心装扮，在大厅出现，

夸耀马具的美丽光鲜；

很快就来了一个厉害的对手，

将银马掌从我的光蹄子上扯走，

我精神萎靡，

因为他代替马鞍

给我盖上了一块毛皮，

我两侧已汗水淋漓。"

22. 这位歌者就这样提高了自己的嗓音来对抗战争的恐惧。他以此来反对兄弟之间的斗争，而且因为他不像涅克拉索夫那样通过歌者之口表达这种反抗，而是通过一只不会说话且没有智慧的动物说出来，所以效果就更为强烈。

23. 现在我们已经来到了普希金歌唱的灵魂发展的最后阶段。一旦意识到道德目的，他就不能长时间地仅停留在单纯的抗议上，这只是否定。对他来说，真理必须同样地被歌唱出来，于是他说出了他赞美和肯定的东西。以下是他最伟大的诗篇：

先知①

忍受着精神上的煎熬,
我缓缓地走在阴暗的荒原,——
这时在一个十字路口,
六翼天使出现在我的面前。
他用轻得像梦似的手指,
在我的眼珠上点了一点,
于是像受了惊的苍鹰,
我张开了先知的眼睛。
他又轻摸了一下我的耳朵,——
它立刻充满了声响和轰鸣:
我听到了天宇的颤抖,
天使们翩然在高空飞翔,
海底的蛟龙在水下潜行,
幽谷中的蔓藤在簌簌地生长。
他俯身贴近我的嘴巴,
一下拔掉我罪恶的舌头,
叫我再也不能空谈和欺诈,
然后他用血淋淋的右手,
伸进我屏息不动的口腔,
为我安上智慧之蛇的信子。
他又用利剑剖开我的胸膛,
挖出了我那颤抖的心脏,
然后把一块熊熊燃烧的赤炭

---

① 《先知》,魏荒弩译,《普希金文集》第 2 卷,人民文学出版社 1995 年版,第 86—87 页。

第二讲　普希金

> 填入我已经打开的胸腔。
> 我像一具死尸躺在荒原，
> 上帝的声音向着我召唤：
> "起来吧，先知，你听，你看，
> 按照我的意志去行事吧，
> 把海洋和大地统统走遍，
> 用我的语言把人心点燃。"

24. 这是普希金抵达的最高处。他知道诗人是来传达信息的。但是他并没有被赋予说出这个信息的使命。因为上帝只通过那些能够为他说话的人发声，而普希金的灵魂还与上帝相去甚远。因此，普希金没有攀上最终的高度，普希金并没有抵达《强者之歌》所歌颂的那种高度。简而言之，普希金的诗歌到目前为止只是表现出了一种天赋，还没有成为他生命的一部分。只有当我们的生命引领我们的天赋，而不是天赋引领我们的生命时，才能到达最高处。一个天赋异禀的灵魂为何落了下风呢，这只能从对他的生平研究中来了解。普希金的诗歌理想与他实际生活的关系，就如同商人在礼拜日的信仰与星期一的生活之间的关系一样。对普通的商人来说，基督的话在教堂里是一个可以追随的、视力很好的向导，而在大街上就是不可追随的、双目失明的向导。因此，普希金的生活对于作为灵感的源泉来说是匮乏的；但是对于作为生活不该是什么样子的可怕警示，却是十分丰富的。

25. 普希金在三十八岁时去世，可以说，那时他的生活才刚刚开始。出现在我们面前的只是一个碎片，一种可能性，只是一个伟大灵魂能够成为什么或是这伟大的灵魂注定要成为什么的一些征兆而已。普希金就是斯拉夫灵魂之命运的典型例证。我们曾经在种族发展中观察到几个阶段，现在我们在个体身上也发现了同样的发展阶段。正是这一点使普希金成为杰出的民族歌者、俄罗斯歌者。果戈理的讽刺，屠格涅夫的综合，托尔斯泰的分析，的确可能在其他土地上蓬勃发展。不仅如此，屠格涅夫和托尔斯泰首先是人，其次才是俄罗斯人；但是作为俄国文学中一股强劲力量的普希金之力源自他的弱点。普希金首先是俄罗斯人，其次才是人，他的诗歌是俄罗斯的诗歌，因此尽管从他那个时代起在俄罗斯已经出现了很多歌者，但是没有人能够成功地填补他的位置。因为虽然许多人受到了感召，但是被选中者寥寥无几，俄罗斯被选中的歌者就是亚历山大·普希金。

第三讲

果戈理

1. 随着十八世纪的结束，俄罗斯近半个世纪以来亮瞎欧洲人双眼的令人目眩的光芒也随之消失了。凯瑟琳①去世了，波将金②也去世了，苏沃洛夫③被流放在一个村庄里，而帕宁④在他的庄园里无所事事。现在专制政体已经剥去它粉饰的外衣，赤裸裸地站在那里，暴露出它所有的黑暗。现在的统治者不是国母凯瑟琳，而是保罗，而他的确是像父亲一样的统治者！这位皇帝激起了那么强烈的恐惧感，以至于他的臣民们一见到他们的沙皇父亲就像一群老鼠看见了一只猫一样，开始四下奔逃。有五年时间俄罗斯一直处于恐怖之中，直到人们再也无法忍受这个疯子的统治。最后，由帕宁作为发起人，帕伦⑤作为组织者，贝尼森⑥作为执行人，实施了一个计划。结果就是第二天人们发现保罗面色紫黑地躺在那里，被披肩勒死的痕迹用衣服的高领小心翼翼地遮掩起来。民众被告知，"陛下死于中风"。仁慈的亚历山大登上了王位，他的臣民们像迎接天使一样欣喜若狂

---

① 即叶卡捷琳娜二世（1729—1796），俄国女皇。
② 格里高利·亚历山大罗维奇·波将金（1739—1791），俄国国务活动家，黑海舰队创始人及第一任总司令。
③ 亚历山大·瓦西里耶维奇·苏沃洛夫（1730—1800），俄国著名军事统帅。
④ 尼基塔·彼得罗维奇·帕宁（1770—1837），俄国外交家。
⑤ 彼得·阿列克谢耶维奇·帕伦（1745—1826），曾任俄国军事将领，后成为保罗一世的近臣之一。
⑥ 贝尼森（1745—1826），德国人，在俄国担任军事将领。

地迎接他，但是在他的统治将满二十五年的时候，他又被他们诅咒为魔鬼。神圣联盟、希什科夫和阿拉克切耶夫是连俄罗斯人都无法忍受的，最后，十二月党人借助武装力量发起了强有力的抗议。抗议失败了；五具尸体在绞刑架上摇晃，上百名流放者被活埋在西伯利亚，他们为这场失败留下了一个可怕的、即便对俄罗斯历史来说都堪称恐怖的纪念碑。现在尼古拉以铁腕统治着这个国家，三十年来这位独裁者可以自豪地说，现在是秩序统治着俄国。秩序？是的，但这是墓地般的秩序和平静，是死亡的平静。

2. 但并非一切都安静下来。在战场上被击败的抗议精神，寻求并最终找到了一个新的阵地，在那里无论是战马的铁蹄还是炮火的射击全都无济于事。人类的精神隐藏在思想和文学的背后，在这个阵地上它证明了自己即使是面对尼古拉的独裁统治仍然坚不可摧。在战场上失败的人类精神在文学中继续抗争。时代呼唤新的声音，而这个声音很快就出现了。这就是尼古拉·果戈理的声音。

3. 果戈理是一个抗议者，无情批判了专制制度的缺陷。我把普希金放在俄国最末流作家中最伟大的歌者的位置上，这是因为他毫无目的。我把果戈理放在普希金之上，因为果戈理是俄国文学的第一位大师，在他身上，目的（purpose）不仅清晰可见，而且也被他完全表达出来。果戈理的艺术并不是无意识的抗议，而是作为一个人的果戈理利用艺术家果戈理发出了反抗的声音，反抗他那高贵的灵魂所抗拒的东西。

4. 因此，我的朋友们，有一点我再怎么强调也不为过：我们的天赋——无论是积累财富方面的，还是唱歌、画画、建筑或计算方面的天赋——赐予我们并不仅仅是为了我们的快乐，或是让我们在社会上或智力上获得进步的手段。赋予我们这些天赋是让我们用它们来帮助那些需要帮助的人。因此，不要说什么"为艺术而艺术"，"艺术不需要目的"，"艺术本身就是目的"。这种说法只是找借口逃避上天加诸其身上的利用天赋服务他人的责任，仁慈的上天将那些天赋赐予了不配拥有它们的人。因此，艺术要真正有价值，就必须有目的，而且要有相应的执行力，只有具有最崇高目标的艺术才是最高级的艺术；而具有最低级目标的艺术则是最低级的艺术。

5. 但果戈理被赋予的使命不是传递最崇高的信息，不是关于和平、爱和顺从的信息，那是托尔斯泰要传递的信息，果戈理的时代还没有成熟到可以说出这个信息的程度，果戈理时代呼唤的是愤怒、反抗，而果戈理就是一个愤怒的反抗者。

6. 迄今为止，所有反抗俄罗斯独裁统治的力量都来自南方。斯捷潘·拉辛、普加乔夫都出自南方，而不是北方。在 1825 年十二月党人起义中最令人敬畏的力量是彼斯捷尔和穆拉维约夫的队伍，他们的总部也设在南方。甚至在我们这个时代被认为是政府最恐惧的反叛者，以暗杀手段让专制政体胆战心惊、被革命者误称为虚无主义分子的那些人，也都出自南方——在基辅与奥辛斯基①以及他的同志们在一起。文学领域的反抗者果戈理同样是个南方人。很有必要好好看一下这个地区，看看究竟是什么让那里成为反抗的温床。

7. 在第聂伯河的瀑布之上有一片广袤无垠的草原，许多年来这里都是野蛮的、无法无天的强悍之徒的聚集地。对于这片土地，果戈理已经描写了它令人目眩的美丽，只有深爱着这片草原的小俄罗斯人②才能写出这样的美景。塔拉斯·布尔巴带着他的两个儿子刚刚出发去加入哥萨克人的营地。

> 此时，大草原已经把他们全部拥进了绿色的怀抱中，周围的高草隐没了他们的身影，只有几顶黑色的哥萨克帽子在草茎

---

① 瓦列里安·安德烈耶维奇·奥辛斯基（1852—1879），俄国革命者，民粹主义者，恐怖主义分子。

② 小俄罗斯人：乌克兰人的旧称。在沙皇俄国时代将乌克兰称为"小俄罗斯"，乌克兰人被称为"小俄罗斯人"。

间闪动。

"哎，哎，伙计们，怎么回事，怎么都不言声呢？"布尔巴终于从自己的思绪中醒过神来，开口说道："像两个黑衣修士似的！行了，让一切忧愁都见鬼去吧！把烟斗叼上，咱们一起抽上几口，然后策马加鞭，飞奔起来就连鸟也追不上我们！"

于是，哥萨克们俯身贴在马背上，消失在草丛中。现在就连他们的黑帽子也看不见了，只有那被踩踏过的草地上留下了他们一路飞奔而去的痕迹。

晴朗的天空中太阳早就露了脸，把清新而温暖的阳光洒在整个草原上。哥萨克心灵中那些朦朦胧胧、昏昏欲睡的感觉立刻一扫而空；他们的心像鸟儿一样快速跳动起来。

越是到草原深处，风景就越美丽。那时候，整个南方，组成现在的新俄罗斯的全部地区，直到黑海岸边，都是一片绿油油的、无人开垦的荒地。犁耙从来没有穿过那无边的野草。只有隐身其中、宛若隐没在森林中的马匹从上面踩过。大自然中再也没有比这更美的景色了。大地的整个表面都是一片泛着金光的绿色的海洋，数不清的各类花卉在草原上闪闪发亮。在又细又高的草茎中间，露出了浅蓝色、深蓝色和淡紫色的矢车菊；黄色的金雀花向上长出了金字塔般的尖顶。白色的三叶草戴着阳伞状的小帽子，色彩斑斓地点缀着大地；天知道从哪里来的一株麦穗已经在草原深处灌浆成熟。山鹑在纤细的野草根周围伸着脖子乱窜，空气中飘荡着千百种不同的鸟鸣声。一只老鹰张开翅膀，一动不动地悬在空中，目不转睛地盯着草地。一群大雁飞过云端，天知道从哪个遥远的湖边传来了对雁鸣的回应。一只海鸥轻轻拍打着翅膀，从草丛中飞了起来，尽情地游弋在碧蓝的天空中。它在高空中一会儿消失不见，只剩下一个黑点；一会儿又掉转翅膀，在阳光下闪闪发光……啊，草原，你是多

么美丽！……①

8. 如果说山以它的高度让登山者胸腔膨胀、通过将人的肺脏填满空气而让人的精神获得自由，那么草原就是通过无限开阔的视野——无论转向哪边都一眼望不到边——让人的精神获得自由！草原之子要比登山者自由得多，因为对他来说距离并不可怕，因为他从未走远，他看见的是同一片天空，同一个地平线，同一片草原，甚至拂过他脸颊的也是同一阵微风！跳上自己忠诚的骏马，用马刺刺它一下，一眨眼就如疾风一般飞驰而去，这对俄国南方人来说是十分自然的事情，就像俄国北方人在故乡对命运赐予的一切都逆来顺受一样自然。因此，长久以来陆地上的哥萨克就像海洋上的水手一样，和伙伴们在一起时无忧无虑、心情舒畅，一个人时就闷闷不乐；但是无论是独自一人还是和伙伴们在一起，其精神上的自由都是不可征服的。果戈理就是个哥萨克。俄国南方还没有发出任何伟大的声音，因为南部的俄罗斯，新俄罗斯，没有贵族。因此，果戈理是唯一一位不是在西方文化粉饰过的专制体制中成长起来的，而是从真正的俄罗斯人民中间走出来的伟大作家。正是这一点使果戈理成为俄罗斯作家中最为独特的一个。

9. 果戈理于1810②年出生在波尔塔瓦省。他的祖父是哥萨克共和国政府的荣誉成员，这个组织在那个年代几乎成了国中之国。正是他给自己的孙子讲述了有关哥萨克的各种故事，他们的生活、他们的冒险、他们的战争，还有魔鬼和幽灵的故事，这个国家到处都是这样的故事，正是这些故事成为人们在漫长冬夜里的主要消遣。

10. 稍后我们将看到，果戈理艺术的本质特征就是他具有十分卓越的讲故事的能力。这是祖父通过父亲直接传给他的。但是他父亲已经是有一定文化程度的人了。他喜欢读书，订阅杂志，喜欢娱乐，

---

① 果戈理的浪漫历史小说《塔拉斯·布尔巴》（1835）。
② 果戈理的出生年份为1809年，此处作者有误。

甚至不止一次在家中举行私人戏剧演出。

11. 果戈理在十二岁之前一直待在家里。之后他被送到了涅仁中学，这么做的结果很令人怀疑。在他身上表现出才能的唯一特征就是很好的记忆力，以及对那些只有在被遗忘时才有用的知识，有一种诚实而强烈的厌恶。这个男孩以清醒的孩子气的方式自己解决了关于孩子们是否有必要了解廷克巴图①、波波卡特佩特②、平面六边形、相对与格和绝对离格的问题，他讨厌数学，讨厌古代语言。因此，尽管他跟着拉丁语教授学习了三年，但他只学会了《拉丁语读本》一书的第一段，这段话的开头富有教益：Universus mundus in duasdistribuitur partes③；从此以后，可怜的果戈理在他的同伴中就以"尤内沃瑟斯·曼都斯"这个外号出名了。因此，老师和学者们看不起可怜的尤内沃瑟斯·曼都斯；但是这个男孩在背诵时仍然诚实地把书放在桌子下面，并且读书非常勤奋，把那个外号当耳旁风。

12. 尽管这个男孩在学习波波卡特佩特和平面六边形时没有成为同学中的翘楚，但是他在智力和实际生活方面的确是他们中的领头人；他是一个贪婪的读者，是茹科夫斯基和普希金狂热的学生，他创建了学院的评论专栏，其中大部分内容都出自他的手笔，而且他还创办了学院剧团。这个剧团不仅让孩子们自己，甚至让镇上的居民们的娱乐生活都丰富起来了。这个男孩一直没有停下来，直到他看见自己建立一个学院图书馆的努力取得成功为止。

13. 这种逐渐让他全身心地沉迷其中的公众精神，甚至在他的少年时代就已经表现出来。不久以前，这种精神作为他生命的目标还是无意识地显现出来，而现在已经成为他自身存在的一个自觉的组成部分；1828 年，当这个年轻人离开涅仁中学时，他的心中已经充满了有意识的、全心全意为上帝和他人服务的愿望。肉体进入生活

---

① 又译通布图，位于尼日尔河河畔的一处地方。
② 位于墨西哥境内的一座活火山。
③ 这句话为拉丁语，意思是整个世界被分为两部分。

的时候，必须经过水的洗礼，而灵魂进入生活的时候，必须经历火的洗礼，而这火对可怜的果戈理来说过于灼热了。他对上帝虔信至深，对人类满腔热忱，这个单纯、天真且轻信于人的年轻人发现自己被一个缺乏同情心的、充满纷争与误解的世界所排斥、所羁绊，这个世界不仅不鼓励渴望同情的年轻人，反而以其智慧上的优势去嘲笑和蔑视那些富有远见之人的梦想。家乡，外省，现在对于快速发展的灵魂来说过于狭小了。他必须到圣彼得堡去，那里是才华、抱负、希望之都，那里是过去的日子里被人们如饥似渴地阅读的那些杂志出版的地方，也是茹科夫斯基和普希金居住的首都。在那里，他的才能将得到承认，一个赏识才华的世界将张开双臂迎接初来乍到的人。当他到达圣彼得堡时，世界的确张开了双臂，但给予他的却是一个贫穷与孤独的冰冷拥抱。在圣彼得堡，他开始了一场为生存而战的斗争，这场斗争几乎将他永远摧毁。面包并不容易挣到。精神相近的社会团体还没有发现他，而他饥渴的灵魂所渴望的惜才知遇之人仍像过去一样久未出现。很快就出现了自视甚高的人不可避免的失望情绪。第二天，当他在日上三竿的时候去拜访被奉若神明的普希金时，仆人告诉他，这位大人物这么晚的时候还在睡觉。"啊，你的主人整晚都在谱写美妙的诗歌吧！""才不是呢，他打牌一直打到早上七点！"决定他命运的是，他那颗温柔而敏感的心在看到一位上流社会的贵妇人时开始蠢蠢欲动，而她甚至看都不愿意看一眼这个身无分文、衣衫褴褛、笨手笨脚的、土里土气的年轻人。即便是对于一个比这个可怜的哥萨克小伙子更有能力与命运抗争的灵魂来说，这也足够悲惨了。彻底毁灭的危险已经近在眼前。果戈理变得任性起来。他必须离开，远离这令人失望，甚至绝望的窒息。他必须寻找新的天地；如果在圣彼得堡找不到他的命运，那么就应该去圣彼得堡以外的地方寻找；如果不在俄罗斯，那就去俄罗斯以外的地方找。爱搞怪的命运之神是不会抛弃他的，不会离开他这个品德高尚、前途远大的年轻人的。过去，他曾经在舞台上扮演过一个老妇人的角色，他的表演令涅仁中学里的那些观众如醉如痴。如果命运女神不喜欢年轻人，那为什么不以一个老妇人的样子来征服她呢？在国外，他也许可以通过当一名演员来实现自己的目标，于是他决定放逐自己。他当时的确身无分文。然而幸运的是，他寡居的母亲给他寄了一些钱，那是用来付清他们抵押庄园的欠款。但这个一向恭顺的儿子却留下了这笔钱，并且作为回报，他建议母亲接受父亲留给他的那份财产，随后就启程前往他的希望之地了。他去了德国，到了卢贝克，打算以演员的身份征服命运。

14. 他确实做到了。因为不到一个月他就回到了圣彼得堡，现在他比过去更清醒，也更明智了。忐忑不安、狂风骤雨的时期已经结束，从此以后，他选择了文学作为一生的职业。面包，的确要靠各种各样的权宜手段来挣到，有时在沉闷的政府大厅里当抄写员，有时机械地给大学生上一些官方称为讲座的课；但是不管他的肉体在忙些什么，他灵魂的生命从此以后都献给了文学。

15. 从那以后，为了让自己的生命给人们带来最大的益处——这是他一贯的目标，他决定写作。但写什么呢？果戈理凝视自己的内心，在那里他找到了关于草原、关于勇敢的哥萨克人，他们的豪侠气概和自由生活的各种记忆。这些回忆让他心里充满了温柔和美好，他立刻笔耕不辍地将它们书写成书。于是《塔拉斯·布尔巴》被笼罩上了一层自荷马时代以来几乎任何语言的文学都未曾有过的光彩。尽管《塔拉斯·布尔巴》只是《夜话》系列故事中的一个，但是它在其中，就好像十一月子夜群星闪耀的夜空中那颗最夺目的天狼星。这是集美好、朴素的壮丽、野性的力量和英雄主义的高贵于一身的东西，简而言之，作为一首颂歌，我毫不犹豫地确定，只有《伊利亚特》可以与其媲美。这是一首史诗般的赞歌，不是个人心灵的赞歌，而是整个国家的赞歌。它确实出自果戈理之手，但却是整个小俄罗斯将它谱写而成的。正如整个英雄主义的希腊都在阿喀琉斯的愤怒中歌唱一样，全体哥萨克都在《塔拉斯·布尔巴》中歌唱，哥萨克对真理的坚定信念和男子汉的淳朴单纯与英雄主义的希腊并无二致。

16. 我们下面就介绍一下这部作品：

"转过身来，儿子！你的样子真可笑！你们怎么穿着神父的袍子？神学校里大家都穿这样的衣服吗？"老布尔巴就用这番话来迎接他两个在基辅神学校上学的儿子，现在他们回到父亲身边了。

他的儿子刚刚下马。这是两个强壮的小伙子，就像那些刚毕业不久的神学校学生一样，总是皱着眉头看人。他们结实、健康的脸庞上覆盖着一层初生的、还没有被剃刀剃过的绒毛。父亲这样的招呼让他们有些发窘，他们眼睛看着地面，一动不动地站在那里。

"站着，站着！让我好好看看你们，"布尔巴转动着他们的身体，继续说道。"你们的外套太长了！这叫什么外套啊！这世上都没有过。你们哪个出来跑跑看！我看他准会被前襟绊倒，摔到地上。"

"别笑了，别笑了，爸爸！"年长的儿子终于说道。

"瞧你，多小心眼儿！我为什么不能笑？"

"就是不行，虽然你是我爸爸，但你要是取笑我，对天发誓，我就揍你！"

"吓，竟然有你这样的儿子！怎么，想打你老爹？……"塔拉斯·布尔巴惊讶地后退了几步说道。

"是的，亲爹也不行。谁欺负了我，我都不客气。"

"你想怎么和我打？用拳头吗？"

"用什么打都行。"

"行嘞，那就用拳头！"塔拉斯·布尔巴挽起袖子说道，"我倒要看看，你的拳头怎么样！"

17. 布尔巴对他的孩子们非常满意，他决定第二天就带他们到哥萨克组织——谢奇去，在那里开始他们狂野而光荣的军人生涯。对母亲始料未及失去儿子的悲伤，以及离别本身，果戈理是这样描述的：

夜幕刚刚降临，但布尔巴一向睡得很早。他伸开手脚懒洋洋地躺在毛毯上，身上盖着一件羊皮袄，因为夜晚的空气太凉了，而布尔巴在家里喜欢盖得暖和一点。他很快就打起鼾来，接着整个院子里都响起了鼾声；睡在院子里各个角落的所有人都酣然入梦，鼾声此起彼伏。最早入睡的是守院人，为了欢迎少爷们回家他喝得比谁都多。

只有可怜的母亲还醒着。她紧紧地偎依在躺在一起的亲爱的孩子们的枕边。用梳子梳理着他们年轻的、乱蓬蓬的卷发，眼泪濡湿了他们的头发。她满怀深情地、全神贯注地注视着他们；整个人都化成了那道目光，但还是看不够。她哺乳过他们，把他们抚养长大，然而能看见他们近在眼前的时刻却这样短暂。"我的儿子啊，我亲爱的儿子啊！你们会遭遇什么事儿？等待你们的会是怎样的命运？"她说着，泪水流到了脸上的皱纹里，这些皱纹改变了她曾经美丽的脸庞。确实，她很不幸，如同处在那个骁勇无畏的年代里的所有女人一样。她只体验过短暂的爱情生活，只是在最初的狂热情欲、最初的青春激情中。随后，她那冷酷的诱惑者就为了他的马刀，为了他的同伴，为了痛饮狂欢而抛弃了她。这一年里，她只有两三天能见到丈夫，接着又是好几年杳无音讯。就算是见到他，和他一起生活的时候，她的日子又能好到哪儿去？她忍辱负重，甚至还要挨打，得到的仅有的一点温存也只是出于对她的怜悯。她觉得自己在这群单身汉骑士中间是一个奇怪的存在，扎波罗什哥萨克的放荡生活让他们染上了一种严酷而阴郁的色彩。没有任何欢乐的青春年华在她眼前倏忽而过,她那鲜嫩美丽的脸颊和胸脯没有被亲吻过就枯萎了,布满了早衰的皱纹。全部的爱,全部的感情,一个女人身上全部的温柔与热情,在她身上全都转化成了一种母性的柔情。她含着眼泪,炽热地、满怀激情地围着她的宝贝们转来转去,就像草原上的海鸥一样。她的儿子们,亲爱的儿子们要从她的身边被带走,让她再也见不到他们了。谁知道呢,也许在第一次战斗中鞑靼人就会砍掉他们的脑袋,而她却不知道他们被遗弃的尸体躺在哪里,任由他们的尸身被路边的猛禽啄成碎片,而为了留住他们的每一滴血,她都愿意献出自己的一切。她一边号啕痛哭,一边看着孩子们在酣睡中紧闭的双眼,她心想,"也许布尔巴醒来后会推迟一两天出发,也许他决定这么快就走,是因为他喝得太多了"。

月亮从高空中照亮了被熟睡的人们挤满的整个庭院,也照亮了茂密的柳树丛和把庭院周围的篱笆都淹没了的挺拔的茅草。她依然坐在她亲爱的孩子们的枕边,眼睛一刻也没有从他们身上移开,甚至连一丝睡意都没有。马儿们已经感觉到了黎明,它们全都卧倒在草地上,停止了进食。柳树稍上的叶子开始簌簌作响,这响声顺着柳树渐渐传到了最下面。她一直坐到天亮,一点也不觉得疲倦,心里暗暗希望,夜能尽可能地延长一些。草原上传来了一匹小马的嘶鸣声;几道红色的朝霞在天空中闪闪发亮……

当母亲看见她的儿子们已经坐在马背上时,她冲到最小的儿子身边,他的脸上似乎流露出更多的柔情:她抓住他的马镫,紧贴在他的马鞍上,眼里带着绝望的神情,不肯松手放开他。两个健壮的哥萨克小心地拦住她,把她拉进了屋里。但是他们骑在马上刚走出大门,她就像野山羊一般、以与她的年龄不符的矫捷跑到了大门外,她用不可思议的力量拦住了马,疯狂而热切地抱住了她的一个儿子。她又被人拽走了。

两个年轻的哥萨克默默地骑着马，因为害怕他们的父亲而忍住了眼泪。而父亲也有些心神不宁，尽管他竭力不表现出来。天空灰蒙蒙的；草原闪闪发亮；鸟儿们发出不和谐的啼鸣。他们骑了一程之后，回头看了看，他们的农舍仿佛钻进了地里，在地上只能看见他们那间简陋房舍的两个烟囱和树梢，他们曾像松鼠一样在那些树的树枝上攀爬。只有远处的那片草原一直延伸到他们眼前，那片草原能让他们想起自己生命中的一切记忆，从在挂着露水的草地上翻滚嬉闹的岁月，直到在那里等待踏着青春的、敏捷的脚步胆怯地穿过那片草地的黑眉毛的哥萨克姑娘的时候为止。现在，他们只能看见井台上那根孤零零地伸向天空的杆子了，那根杆子的上端还系着一个车轮。他们刚刚经过的那块平原从远处看去就像一座山，把一切都遮挡住了。——再见了，童年，嬉戏，所有的一切！

18. 起初，我希望从这首最高贵的史诗中选出一些片段，让你们能够领略它狂野的、惊心动魄的美：谢奇的欢乐生活；嬉戏、跳舞、赌博的人们突然转变成一支训练有素的、由最勇猛的战士组成的军队，他们使波兰人心惊胆战。我本想引用果戈理本人讲述布尔巴杀死他的小儿子安德烈的原文，安德烈因为被一双美丽的眼睛迷住了，背叛了所有哥萨克人。我本想给你们引述一下大儿子奥斯塔普就在他父亲的眼前悲壮赴死的描写，他被活生生地掰断了骨头，嘴唇里没有发出一点声音，但是在最后一刻，当周围的人充满敌意的面孔让他感到难过时，他喊了一声："爸，你看到这一切了吗？"我想给你们引用关于布尔巴本人可怕的死亡场面的描写，他被活活地钉在一棵树上，并在树下点起了火；老英雄仍然一心想拯救他的小分队，当烟雾已经笼罩他的时候，他看见敌人的动向还在呼喊："到岸边去，同志们，到岸边去！走左边的路！"但是，如果这样的话我就要把整本书都引述给你们，因为这首诗中没有一页不散发出耀眼的美丽光芒。荷马在《伊利亚特》中经常赞许，但在《塔拉斯·布尔巴》中，果戈理从不称赞。就像人们为了看清一幅画让老画家把布帘拉开，而他回答说"布帘就是这幅画"一样，我只能对你们说："读一读《塔拉斯·布尔巴》吧，对它你们会有自己的评价！"

19. 《塔拉斯·布尔巴》让果戈理达到了歌者的高度。在这条路上，他的灵魂不再有任何进步，对于果戈理这样热忱的人来说，在这个悲伤的、不堪重负的国家里一直当一个快乐的歌者是不可能的事情。因为他最初的、也是最终的目的就是为国家服务。如果他能用文字来为她服务也不错，如果能用他简单的生活来为她服务也很好。因此，果戈理决定用他余下的时间来揭示俄罗斯这个巨人所罹患的种种疾病，希望通过揭露这丑陋的绝症来加速疾病的清除。因此，他成了有意识的抗议者，独裁的批评者；他之所以成为这样的人，是因为他的天赋最适合这项工作。他不仅有无与伦比的讲故事的天赋，而且他身上还有作为一个哥萨克的显著特点，那就是能够从幽默的视角看到他人的弱点；他那还没有被愤世嫉俗者的冷嘲热讽所污染的幽默，已被证明是他手中最有力的武器。历史已经证明，嘲笑对腐败政府来说是可怕的。但在果戈理的手中，嘲笑变得更为有力，因为它采取了一种非个人化的幽默形式，旁观者看不见作者的愤怒，因此即便是严厉的沙皇尼古拉本人，这位在《钦差大臣》中被嘲讽的腐败的间接源头，在看戏的时候作为一个听众，也会笑出来，直到泪水顺着他的脸颊滑落、肚皮笑得发痛。地方官员的腐败，这是所有专制的血液中毒后引发的必然病症，果戈理在他的喜剧《钦差大臣》中对此进行了无情的揭露。其情节简述如下。

20. 一个小城市的市长突然收到一个消息，有个钦差大臣，一个秘密的监察官，正从首都赶来调查他的执政状况。他很快召集了镇上所有的重要人物，学校、监狱、医院的负责人，所有这些人的良心都不太清白，他们一致决定采取一些措施不让钦差大臣发火。他们一行人来到所谓的钦差大臣入住的旅馆。一个身无分文、一无是处的年轻人已经在那里住了好几天，官员们误认为他就是可怕的钦差大臣。年轻人很惊讶，但很快就了解了情况，并很好地扮演了自己的角色。礼物和贿赂从四面八方送到他这里，他四处借钱，和市长的妻子、女儿调情，最后还跟市长的女儿订了婚。市长感受到从未有过的幸福和荣耀，而且倚仗着钦差大臣的庇护，他的行为比过去更让城里的人们感到愤怒。最后，冒牌的钦差大臣带着所有的礼物和借款离开了，几天之后真正的钦差大臣来了，这让到现在为止都没有为自己的恶行感到担心的官员们既震惊，又沮丧。

21.《钦差大臣》的确是一部伟大的喜剧，与格里鲍耶陀夫的《智慧的痛苦》不相上下。因此，作为一部喜剧，它并不比泰伦斯[①]和莫里哀的作品逊色。但作为一个艺术品，它无法与《塔拉斯·布尔巴》相媲美，因为没有一部喜剧能像史诗一样宏伟壮丽。引人发笑的东西达不到激起柔情的东西所具有的高度。此外，伴随着熟悉讽刺所指向的腐败现象的那一代人的逝去，喜剧往往变得除了学者之外的人都难以理解。因此，阿里斯托芬的喜剧作为一部幽默作品对于今天的我们来说毫无价值可言。今天它们唯一的价值是作为希腊礼仪的零散记录。因此，喜剧不是为所有的时代而写，而只是为某个时代而写；而《塔拉斯·布尔巴》虽然历经几代人的更迭，但它却以自己的永恒之美永远吸引着人们。然而，尽管《钦差大臣》作为一件艺术作品低于《塔拉斯·布尔巴》，但作为一篇目的明确的作品它又远高于它，因此也取得了更大的成就。因为尽管人们在《钦差大臣》被遗忘之后的数千年里还会阅读《塔拉斯·布尔巴》，但是它带给人们的只是欢愉而已。尽管是一种高尚的欢愉，灵魂不必为此而脸红，但也仅仅是欢愉罢了。但是《钦差大臣》促进了腐败现象的清除，与邪恶做了斗争，因此虽然它所完成的工作是短暂易逝的，但是对于实现那个永恒的结果——建立地上的天国、真理

[①] 泰伦斯，全名普布留斯·泰伦提乌斯·阿非尔（约公元前190—前159），罗马著名戏剧家。

之国、爱之国、敬拜之国——来说却是必不可少的。任何有助于在大地上建立这一王国的作品都必然要比只给灵魂带来欢愉的东西处于更高的等级。

22. 《钦差大臣》的成功激励着年轻的果戈理更加努力,现在他决定为反抗俄罗斯生活中另一项重大偏差而发声,其后果远比官员腐败对国家的危害更大。果戈理现在着手揭露农奴制的种种弊病。他的灵魂很久以来一直在寻找和生活本身一样宽广的活动领域。果戈理,像所有发现真实自我之前的高傲灵魂一样,他们的野心总是高于他们的执行力。然而,现在,这一时刻已经到来,无论他的灵魂设想出什么,他的天赋都可以将其执行;他强大的精神终于在《死魂灵》中得到了恰当的表达。因此,《死魂灵》与其说是一个故事,一个关于某件事、某种激情的故事,不如说是整个国家的全景图。奇奇科夫在寻找死魂灵的过程中,在大地上纵横穿行;穿过村庄和城镇,经历过炎炎烈日和狂风暴雨,日夜兼程,穿过砖石铺成的帝国驿道,也穿过已经废弃的羊肠小径。这使得果戈理不仅能让读者看到省长、法官、富有的地主和有数百个农奴的人,而且能看到贫穷的、几乎破产的地主;不仅能看到辉煌的城市,而且能看到脏乱的乡村;不仅能看到受邀宾客的豪奢,也能看到旅店寄宿者的拮据。《死魂灵》是文学中的一幅画,就像考尔巴赫[①]的作品《改革时代》在历史上的价值一样。作品的独创性就在于它的布局,这让它从一个独特的、就连对这个国家颇为了解的普希金都未曾见过的视角来展现俄罗斯。可以说果戈理为俄罗斯人发现了俄罗斯,正如哈克斯豪森[②]为西方发现了俄罗斯,托克维尔为美国人发现了美国一样。"上帝啊!"普希金在读《死魂灵》时惊呼道:"我不知道俄罗斯是一个如此黑暗的国家!"这正是表现俄罗斯生活的最伟大的绘画

---

① 威廉·冯·考尔巴赫(1805—1874),德国画家。
② 奥古斯特·冯·哈克斯豪森(1792—1866),德国农学家,经济学家,律师,作家。

作品的特征——悬于地平线上的真实的黑暗。尽管它很幽默，但《死魂灵》在脑海中留下的印象却是春分或秋分时节暴风雨中的天空；尽管合上这本书时你笑了，但你觉得自己好像刚从葬礼上归来。这部作品以幽默构思，旨在唤起笑声，但却是闪着泪光的笑。这是一个表面没在哭泣、而内心在哭泣的灵魂发出的笑声。这是莱辛在妻子和孩子同时被夺走时发出的笑声。他疲惫不堪地与贫穷、失望和绝望斗争了六年，终于快活地实现了自己人生的目标；他终于娶到了他心爱的女人。而他天堂般的幸福生活在第一年快要结束时，他发现母亲和婴儿并排躺着，气息全无。莱辛笑了。他给一个朋友写信说："这个可怜的小家伙很早就发现了这个世界的悲哀，所以他很快就躲了起来，为了避免孤苦伶仃，就带着他的母亲一起走了。"这里的确有笑声，但却是灵魂带着一颗滴血的、被撕裂的、极度痛苦的心发出的笑声。这是基督的门徒们在听到他们的主人说了一个沉重的笑话时发出的笑声："骆驼穿过针眼确实比富人进入天堂更加容易。"果戈理在《死灵魂》中发出的就是这样的笑声。现在，果戈理已经理解了他的朋友伊万诺夫说过的话："基督从来不笑。"

23. 关于果戈理发出笑声的这一时期，我再赘言几句，因为果戈理在他的《死魂灵》中无意识地认识到，在一切可笑的事物背后隐藏的归根结底是悲剧，而非喜剧；笑的是冷漠的头脑，而不是温暖的心。思考，你会笑；感觉，你会哭。判断力在笑，而同情心在哭。我的朋友们，罪孽，邪恶，不是一件值得嘲笑的事，而是一件值得哭泣的事；而你们的英国幽默作家们，当他们必须对恶行和罪孽加以嘲笑时，他们还没有学会用一颗充满悲哀的心去嘲笑它。斯威夫特散发着醋酸味；菲尔丁的幽默是油腻的，且裹着糖衣；狄更斯除了不能自控的爆发时从来不笑；萨克雷冷嘲热讽，乔治·艾略特的幽默几乎是恶意的；英国文学中唯一一个在笑的时候心里感到难过的人是卡莱尔，而他甚至都不被算在幽默作家之列。对英国文学来说，塞万提斯在《堂吉诃德》中的笑是陌生的，但塞万提斯的幽默是与果戈理最为接近的。果戈理的笑是一个深爱他的同胞、而他们的弱点令他痛苦的人发出的笑声；对于果戈理讽刺的那些人来说，放眼整个俄罗斯，他们所能找到的最温暖的角落无疑就在作者本人的心里。《死魂灵》就是本着这一精神写成的，这一点使《死魂灵》成为一切幽默作品的典范。

24. 无论如何，关于果戈理含泪的笑，我举不出比《狂人日记》中的最后一段更高尚的例子了。你们可记得，果戈理在圣彼得堡居住时期，爱上了一个社会地位远远高于他的女人。果戈理在这篇仅有二十页的作品中描绘了一个卑微的办公室小职员的精神状况，他爱上了他上司的女儿，陷入了绝望的爱情中，变得精神失常了。

在经历了各种冒险之后，他最终在想象中当上了西班牙国王费迪南德，他被关进了疯人院里，每当他说自己是国王时，就会遭到毒打。这是这个可怜的疯子日记里的最后一段：

> 不，我再也不能忍受了。上帝，他们对我做了什么！他们把冷水倒在我头上！他们不理睬我，不看我，也不听我说话。我对他们做了什么？他们为什么折磨我？他们对我这个可怜的人有什么企图？我能给他们什么呢？我什么都没有。我没有力气了。我忍受不了他们对我的折磨了，我的脑袋在发烧，头晕目眩。救救我吧！带我走吧！给我一辆疾驰如风的三套马车吧！坐下吧，我的车夫；响起来吧，我的小铃铛；奔驰吧，骏马，把我从这个世界上带走！越远越好，让我什么也看不见，什么也看不见。哈，天空在我面前旋转；星星在远处闪耀；黑漆漆的森林和月亮一起飞奔；灰蓝色的雾在我脚下蔓延；一根琴弦在雾中发出声响；一边是大海，一边是意大利；现在俄罗斯的小木屋也看见了。远处那个蓝色的房子是我的家吗？坐在窗前的是我妈妈吗？妈妈，救救你可怜的孩子吧，把眼泪滴在他发烧的脑袋上。看，他们是怎样折磨他啊！把你可怜的孤儿抱在

怀里吧！在这广阔的大地上，他没有立足之地！他被四处驱逐！亲爱的妈妈，可怜可怜你生病的孩子吧！……对了，你们知道吗，阿尔及利亚台伊的鼻子下面长着一个疣？

25. 果戈理写完《死魂灵》的第一部就已经达到了反抗者的高度。他现在已经耗尽了生命的一个方面，而这一方面是他存在的本质，是使他成为一个与众不同的独特个体的那些东西。在《死魂灵》第一部完成之后，他传递给人类的信息就已经说尽了。从今以后，无论他做什么，都只能是重复他从前那些炽热话语而已，其发声亦比过去微弱。这正是大多数文人在无话可说的时候仍坚持发声时面临的情况。你只需想一下这个国家的布莱恩特①，他在年轻的时候已经耗尽了他灵魂中的音乐性，还有英格兰的丁尼生，作为丁尼生男爵他几乎默默无闻，只能不甚光彩地延用更响亮的名号阿尔弗雷德·丁尼生。但果戈理是一个太有责任心的艺术家，不允许自己在文学上犯下这样的罪过。如果他必须创作，那就不能是他过去的自我的重复，而是要在一个比单纯的反抗更高的领域内。因此，他试图在《死魂灵》第二部中描绘出一个理想的俄罗斯，就像他在第一部分中描绘了真实的俄罗斯一样。然而，他这是承担了一件超出其天赋的事情：云雀确实是一种高贵的鸟，但却不能像雄鹰那样飞翔。一个在天性上只是反抗者的人不可能仅凭借意志力就变成一个理想的建设者。果戈理本人也很快意识到了这一点。最后，他对《死魂灵》的第二部很不满意，终于在临死之前将它付之一炬。

26. 然而，他心中闪耀的天国之火却无法熄灭。最后他的确放弃了用恰当的文学作品来表述，现在他变得虔诚起来；他把所有的财产给了穷人，当他需要钱去他心目中的圣地朝圣时，他不得不发表一些私人信件。

---

① 威廉·卡伦·布莱恩特（1794—1878），美国诗人，新闻记者。

27. 这部作品证明了他余生的痛苦。它激起了对这位可怜作家的强烈抗议，其喧哗之声与这部作品的微弱的价值完全不相称。果戈理被各方人士指责为叛徒；那个在《钦差大臣》中无情地鞭挞独裁统治的人，因为这些信件所散发出的基督徒的谦逊和顺从上帝意志的精神而得不到人们的原谅。那可是四十年代。那是黑格尔主义浪潮席卷俄罗斯人思想的时代。上帝已经被哲学化了，为绝对精神让位，甚至连学校的学生回到家中都在宣扬那个令人震惊的消息：上帝已经不复存在。谁要不是一个怀疑者，不是一个不信神的人，就会被人们毫不犹豫地宣布为蠢货笨蛋；而果戈理的通信却流露出最深刻的虔敬精神，就像音乐会上的一个不和谐的音符一样传到了他朋友们的耳朵里。他的朋友们宣布他疯了，而他们向他提出的各种建议却使他真的精神错乱了。本来就忧郁的果戈理现在变得孤苦伶仃、灰心丧气，更频繁地在斋戒和祈祷中寻求安慰。可怜的果戈理还没有弄明白，彻底的救赎不是在祈祷中，而是在行动中。因此，他的疾病使他更加虔诚，而他的虔诚反过来也加重了他的疾病；他的身体变得消瘦，他的精神已经崩溃，在1852年年初的一个早晨，他被发现俯伏在圣像前，已经饿死了。他在圣像前度过了他最后的日子。

28. 除了托尔斯泰，果戈理也许是俄罗斯文学中最可爱的人物。我说可爱，是因为他骨子里是一个不幸的人，他靠自己强大的心灵来滋养自身。他有一种卡莱尔式的悲伤，这使他的生活极其不幸。普希金的悲伤很难让人感叹至深，因为大部分都是他自己造成的；但是果戈理的悲伤是所有渴望天堂却没能在上帝那里得到最终的、最安全的安息之所的灵魂所共有的悲哀，灵魂在安息之所将不再痛苦地哭号，"我的上帝，我的上帝，你为什么抛弃我！"而是，"父阿，你知道这一切的缘由，你的意志必将达成！"他的灵魂在孤独和不安中没有感受到对他最深层生命的同情与欣赏，而这正是充满爱的灵魂最渴望的东西。当伟大的灵魂不可挽回地离去时，人们迅速认识到以色列的光芒已经熄灭了；但这种认识来得太晚了，当爱到来的时候已经无法治愈他受伤的灵魂。

29. 朋友们，《塔拉斯·布尔巴》将以无法形容的美震撼你的灵魂。果戈理的《钦差大臣》会令你开怀大笑。他的《死魂灵》会对你有所启示。但是他的生命，如果你忠实地研究它，就会发现这才是对你来说最伟大的作品，因为它会打动你——激起你的温柔，你的同情心，激起你对那些像果戈理一样的受难者的怜悯，他们在任何年龄，任何地方，任何生活方面都别无所求。我的朋友们，愿上帝能让你们从果戈理的生命中吸取这一教训：也许就在今天，在你们中间，几乎可以肯定有一个十分强大的灵魂，一个渴望的灵魂。找到他，发现他，至少不要对他说出果戈理的众多朋友们说的那些极度令人悲伤的话，他们还是同情他的，但是已经太迟了！

第四讲

屠格涅夫

1. 在俄罗斯文学史上，伊万·屠格涅夫是最复杂的人物。不，除了莎士比亚，他也许是所有文学史上最复杂的人物。他是全世界的，也是俄罗斯的；他是悲伤的，也是嘲讽的；他是温柔的，也是无情的；他多愁善感，又冷若冰霜。他可以像塔西佗一样简洁，也可以像萨克雷一样冗长。他可以像维特一样多愁善感，也可以像拿破仑一样冷酷。他可以和鸟儿一起哭泣，和小草一起成长，和蜜蜂一起哼唱；他可以和精灵一起飘荡，和发烧的人一起做梦。他像在自己的家里一样无处不在：小说里，故事里，速写里，日记里，书信里。无论他接触什么样的创作形式，一旦他的才思成熟，就会在他手中变成金子。读完他的十卷本，掩卷之时你会觉得你刚刚从南美的原始森林中走出来；你的脑海中满是嬉戏的猴子，偶尔会有一个椰子朝你砸过来；你的脑海中满是羽毛斑斓的鸟儿，周围花香四溢，暮色朦胧，笼罩在原始森林的宁静之中。这个作家，这个人给你留下的综合印象是个看不见的、但很完美的艺术家，他在你面前展示出各种照片，这些照片被立体投影仪的强光照得十分鲜明夺目：夕阳中的云朵，在小巷中约会的情侣，一个脾气暴躁、一头长发、满脸皱纹的老先生。作家屠格涅夫多年来一直是一个谜一样的人物。俄国独裁统治的支柱卡特科夫称他是同道中人，而革命者们也声称他是自己人；现实主义者认为他是他们新福音的倡导者之一，而理想主义者则认为他是他们的使徒。今天，他与一个令人憎厌的流亡者交朋友，蔑视公众舆论；明天，他又在公众舆论面前退缩，几乎不承认他们的交情。在争论的双方之间，可怜的屠格涅夫的命运就好像被两个母亲争夺的孩子，而争执中的母亲并没有到所罗门王那里寻求建议。可怜的孩子被各方拉扯着，被扯得终身变了形。因此，处于不同党派之间的屠格涅夫，尽管每一方都声称他是自己人，但他直到生命的尽头却一直无家可归，几乎没有朋友，不属于任何人；尽管他被各种社会团体，以及名望、财富和地位带来的友谊所包围，但究其根本他仍然是孤身一人，因为他在世上走一遭，却始终被人误解。

2. 因此，他在文学界的地位也很反常。俄罗斯人指责他，但也读他的书；美国人赞美他，却不读他的作品。英国人引用他，法国人写关于他的文章，德国人写关于他的书；但是大家都一致同意对他感到好奇，但却不理解他。然而，如果摘掉党派的眼镜来看屠格涅夫，那么他的人生和创作目的则是一目了然。屠格涅夫是现实主义者，也是理想主义者，好像一个谜；然而，一旦懂得了屠格涅夫是个文学战士，一直在反抗他的死敌，那么他的整个生活和他所有重要作品立刻变得可以理解了，且始终如一。

3. 因为人不仅仅是他才能的总和。在人的一切力量的背后，无论是身体上的还是思想上的，还有一个灵魂，它利用这些力量来达到自己的目的，无论目的是好是坏。而在这些目的中，总有一个会适时地变成其一生的吸纳剂，成为其一切存在的本质；每一个活着而不仅仅是存在的人，都会很快在生活中找到这样的目的；无论是最强大者，还是最弱小者，最高尚者，还是最卑贱者，都能很快在他们身上发现这样的目的。在理解这一目的之前，人的生活对于观察者来说，就像眼睛透过显微镜看到的花朵一样——是一大片粗糙的，没有形状且令人困惑的组织；然而一旦理解了这个目的，在观察者眼中灵魂就仿佛是玻璃做的，透明、统一、简单。

4. 这种目的就像一条纬线，贯穿了屠格涅夫的整个生命。他是猎人，他是花花公子，他是慈善家，他是艺术家。但他首先是一名战士，因为他首先是一个爱国者，憎恨他的国家所遭受的压迫。他除了为解放自己出生的土地而奋斗之外，他的确还做了许多其他事情；但他做这些事情就像聪明的人去赴宴并不是为了吃饭，招待他人并不是为了被他人招待，夏天戴羔皮手套并不是为了保暖一样，这些事情本身并没有什么意义，只是他精神生活中的次要事件，而他的精神本身是有意义的。

5. 因此，屠格涅夫是一个战士。这就解释了屠格涅夫艺术中的一个奇怪现象。在他的《猎人笔记》一书中，他第一次有意识地将抨击的目标对准了农奴制，他的缪斯关注的不是正常的生活，而是非正常的生活；不是寻常人物，而是罕见人物；不是人们常去的地方，而是人迹罕至的地方。《猎人笔记》是一本特写集，它就像一个种类繁多的博物馆，里面搜集了各种奇特怪异的人物。批评家们自然会对此感到惊讶；过去人们解释吗啡的作用时说它包含催眠原理，解释泵的原理时说是大自然不喜欢真空，这些批评家们像过去一样，他们这样解释了这个对健康的、眼神明亮、很有分寸的屠格涅夫来说十分奇怪的事实，那就是屠格涅夫天生就喜欢荒诞不经、奇奇怪怪的东西。然而，事实上，题材的选择正是他作为一名战士的艺术的一部分。他想去打击，去唤醒；在这方面不寻常比寻常更为有效。正是同样的设计使得慷慨温柔的温德尔·菲利普斯[①]，在反对奴隶制的斗争中采取了一种单打独斗的模式，他的痛苦程度不亚于魔鬼梅菲斯特。出于同样的目的，屠格涅夫不顾他的缪斯女神的指引，为他的特写选择了奇怪的人物。在这里，菲利普斯和屠格涅夫都为他们的事业牺牲了自己的感情：一个为了自己的目标甚至牺牲了自己对同胞的爱，另一个则牺牲自己对艺术的爱。

---

① 温德尔·菲利普斯（1811—1884），美国废奴主义者，演说家，改革家。

6. 屠格涅夫艺术中的另一个奇怪的现象也可以通过他自身存在的战斗性本质得到解释。在屠格涅夫身上没有肉眼可见的成长与发展。他活到了对俄国文人来说堪称高寿的年龄：他在六十多岁的时候去世；然而，从他的第一部伟大的艺术作品《罗亭》开始，到他最后一部伟大的艺术作品《处女地》结束，在他的所有杰作中，他都始终如一。他的六部了不起的小说《罗亭》《贵族之家》《前夜》《父与子》《烟》《处女地》在规模上的确渐次上升，但并不是艺术上的提升；作为艺术作品，它们都在同样的最高层次上。关于艺术很难找到一条标准可以据此评判作品的高下。只有把它们看成不同的斗争方式时，它们才显示出他灵魂生命的不同时期；但是显示的程度也与同一时期敌人的力量有关，因为为了反抗他们必须不断地重新武装自己。作为一个艺术家，屠格涅夫并不是逐步发展起来的；当艺术来到他的面前时，就像密涅瓦从朱庇特的脑袋里出来一样——已经完全成形，全副武装；虽然它还没有发展成熟，但是就屠格涅夫的情况而言，也只能如此了。因为成长、发展，需要时间，需要闲暇，需要反思，需要休息，而这一切在战场上都是不具备的。或前进或后退，或征服或灭亡，但你不能在战场上静止不动。上天没有赋予屠格涅夫征服敌人的使命，也没有让他被敌人所征服。因此，屠格涅夫生是一个战士，死也是一个战士。

7. 那时，屠格涅夫有个终生宿敌；这个敌人就是俄国的独裁统治。

8. 他生于1818年，与俄国独裁统治者亚历山大二世同一年出生，后者后来对他十分忌惮，将其视为猛兽。屠格涅夫还在童年时就领教了尼古拉一世①铁腕统治的力量。在他还不到七岁时，就有消息传到他父亲家里，这个对他们来说是如此珍贵且一直在俄国内外

---

① 尼古拉一世（1796—1855），俄罗斯帝国第11位皇帝，亚历山大一世的弟弟，1825年至1855年在位。

都享有盛誉的家族的名字被玷污了；亚历山大一世统治下国家最忠诚的仆人之一，那两位著名兄弟中的弟弟，也是屠格涅夫的近亲，尼古拉·屠格涅夫被判处终身在西伯利亚服苦役，当时的情况不仅让这个还相信别人的小男孩的正义感受到了打击，而且就连那些已经习惯于政府手段的成年人的正义感也受到了打击。尼古拉·屠格涅夫被宣判为十二月党人之一，而在屠格涅夫青年时期，十二月党人被看作为俄罗斯争取自由的第一批殉道者。普希金作为起义领导人的朋友，《自由颂》的歌者，受到了当时俄罗斯青年人的崇拜，任何一个诗人都从未受到过这样的尊崇；与十二月党人攀上关系成为一种荣耀，因此，至少在思想上反对独裁统治也成为一个家族引以为豪的事情。而且，与大多数俄国贵族相反，谢尔盖·屠格涅夫亲自对自己天资不凡的儿子进行早期教育；而这位尽职尽责的父亲的儿子，被带到这个世界上时，一方面是家庭中平静的生活、刻板的行为和崇高的理想；另一方面是为生存而进行的无望的斗争，官员们的道德沦丧和周围低水准的世界，他不能不感受到这两方面之间的不和谐。因此，当屠格涅夫被领入社会时，他已经充满了革命的思想，不久他就感到祖国的空气令人窒息；到十九岁时他已经不得不面临一个问题：是留下来忍受，还是——逃离。这个十九岁的少年无法再忍受下去了，那么他只能离开俄国，但是去哪儿呢？幸运的是，就在西边国境之外，有一个国家已经证明了它是与屠格涅夫一样的公然反抗者的乐土。德国已经收留了斯坦克维奇、格拉诺夫斯基、卡特科夫和巴枯宁。当时的俄国青年对德国人发出的哭诉，从隐喻意义上说，就像一千年前斯拉夫人对瓦良格人的哭诉一样："我们土地辽阔物产丰富，但没有秩序可言。所以，你们来统治我们吧，为我们恢复秩序！"因此，对于精神饥渴的俄罗斯人来说，德国就成了流淌着牛奶和蜂蜜的应许之地。但凡有点抱负的人都想到德国一游，他们对德国的渴望就如同穆罕默德对麦加圣地的渴望一样。

9. 柏林是朝圣者的第一个停泊站；博克（Böck）正在那里讲希

腊文学，祖姆特①在讲罗马古迹，而维尔德②则在阐释某人的哲学，那人总是吹嘘或抱怨只有一个人能理解他，但却误解了他。几乎所有后来在俄罗斯公共生活中赫赫有名的人物都涌向了这些过于纠缠于细节分歧的教育大师们的身边，甚至连政府都在往柏林派遣公费留学生。屠格涅夫也来到了大师身边，白天听关于希腊文学和罗马古迹的讲解，晚上则潜心背诵希腊语和拉丁语的语法。因为在屠格涅夫截至目前曾经待过两年的俄罗斯大学里，教授们的任命并不是凭借他们在拉丁语和希腊语方面的知识，而是凭借他们对军事战术的了解。

10. 两年后，当屠格涅夫回到他的祖国时，他的确带回了渊博的拉丁语语法方面的知识，但对人生的最高目标却一无所知。他带着一种宗教的怀疑主义和形而上学的悲观主义思想回了国，这种思想从此影响了他的整个生活，也影响了他的艺术作品。因为在那个时代，人们还相信，在灵魂与神、灵魂与人的关系中的重大问题，不能通过生活和行动来解决，而是通过争论和交谈来解决；在那个时代，人们不是在指导生活的准则中寻找能够令人茅塞顿开的哲学家的至理名言，诸如"爱你的邻居"或"善待他人"，而是在空洞无益的、如鸡蛋跳舞、杂技平衡般的公式中去寻找，"存在即合理"。在那个时代，黑格尔因其晦涩难懂而在哲学领域居于至高无上的地位，正如现在的勃朗宁因为同一原因在诗歌领域至高无上一样。那颗干瘪的、失去水分的、枯死的麦粒，因为是通过痛苦的劳作从一堆糠秕中寻找出来的，而变得更加珍贵。"从他们的果实就可以认出他们。"对勃朗宁深入研究的成果是对英语小品词用法的进一步了解；而对黑格尔潜心研究的成果就是对形而上学的冗词的深入了解：存在、实体、本质、绝对。但是，没有任何生命所需的养分。他的确很快就认识到了这一切的空洞贫瘠，但是当他清醒过来的时候，

---

① 卡尔·戈特洛布·祖姆特（1792—1849），德国古典学者。
② 卡尔·弗里德里希·维尔德（1806—1893），德国哲学家。

他的血液已经中了毒；他自身的存在已经被怀疑主义所吞没，几乎直到生命的尽头他都是一个宿命论的怀疑主义者，一个不信神的悲观主义者；直到晚年他才发现那片应许之地。只有当他目睹了革命者无限的自我牺牲时，当老人被年轻的苏菲·巴登的英雄气概所感动，甚至去吻印着女孩对法官说的那些炽热话语的纸张时，老人才真正地重拾了信仰。他现在对自己的国家充满希望，甚至准备成为俄国革命运动的领袖；但对于他的艺术生涯来说，这一切来得太迟了。事实上，尽管他对人类的希望最终在晚年带着青春时代的光芒回来了，但他对上帝的信仰却再也没有恢复。

11. 这种哲学上的怀疑主义，在屠格涅夫一生中最好的岁月里毒害了他的思想，并且适时地造成了他艺术方法的巨大改变。迄今为止，他的艺术都是个体写真。他的《猎人笔记》是一个画廊，不是关于理想，关于类型，而是真实的人的画廊，这个画廊以供观瞻的目的和警察总部里流氓画像的画廊一样。这是谋求国家幸福安康的一种手段。但在那本书之后，当怀疑主义成为他生命的一部分时，他的方法发生了改变。因为他现在开始相信，俄国的暴政与其说是政府造成的，不如说是人民自己造成的；这个存在本身就是邪恶的；因此，如果拯救真能到来的话，也必须来自内部，而不是外部；所以，最需要改革的不是制度，而是人民。在他看来，人们都生了病。因此，他不再为个别人画像，从那以后他开始描写类型；正如医生首先研究的不是感染这个或那个病人的疾病，而是可能感染所有人、每个人的疾病。

12. 屠格涅夫对生命的怀疑和对上帝的不敬，在很大程度上要归因于故国父亲般统治的政府。确实有些人，他们的忧伤像天使一样从天而降，并用翅膀把他们带至天堂。但是屠格涅夫并不是其中之一！他的灵魂属于另一类人，他们的悲伤不仅剥夺了当下的欢乐，而且剥夺了对未来的希望；而且政府的行为也确保了可怜的屠格涅夫的悲伤绝不会匮乏。无家可归对亚当的所有子孙来说都是一种痛苦，但对于任何人来说，流亡的悲伤都没有俄国人那样强烈。很快屠格涅夫就被驱逐了。《猎人笔记》的真正意义隐藏在绚丽的自然风光和引人入胜的人物形象之下，它们以独立的特写形式出现，很容易就躲过了审查官机警的眼睛。但是，当这些特写汇集成书时，里面传递出的天国的信息，凡是眼睛没有失明、耳朵没有失聪的人都可以感受到。因此这本书引起了轰动，审查官忙碌起来，急忙进行磋商，陛下本人也被惊动；但是这一切都太迟了；一本鲜活的书不可能再被扼杀了。政府看到这怪物是多头蛇，决定不去管它，因为砍下它一个头会再长出二十个头来。于是这本书得以幸免，但作者注定从此彻底完蛋；而且最后一击的时刻很快就唾手可得。伟大的果戈理最终离开了。满腔热忱的屠格涅夫写了一封关于已逝大师的信，并称他为伟人。沙皇保罗曾说："在我的国家，惟有我与之对话，且只在我与之对话时，那人才称得上伟大。"尼古拉证明自己是一个孝顺的儿子，沙皇说："在俄国不会有伟人"，所以屠格涅夫被捕。的确有一个高官贵妇为颇具才华的罪犯说情，"但请记住，夫人，"她被告知："他说果戈理是一个伟人。""啊，"地位尊崇的保护神回答说，"我不知道他犯了那样的罪行！"因为这项罪行，屠格涅夫在地牢里被羁押了一个月，并且在自己的领地流放了两年。只有当王位继承人亲自平息了他父亲的怒火时，屠格涅夫才被允许平静地离开。当这位大师重获自由之后，他不再犹豫了。他的确很爱他的国家，但他更爱自由。屠格涅夫像一只刚从笼子里飞出来的鸟儿一样，飞到了大海彼岸。迁徙的鸟儿的确会在春天返回；但对屠格涅夫来说，在俄国的土地上再也没有春天了，一旦出国，他就成了一个终身的流放者。

13. 我已经说过，他六部杰出小说中的人物不是个体写真，而是类型。我敢说，无论是屠格涅夫本人还是其他俄国人，都不认识任何巴扎罗夫、保罗·基尔萨诺夫、罗亭、涅日丹诺夫。但是，就像弗朗西斯·高尔顿的寻常形象一样，所有个体的特征都可以在其中找到，看出是谁的脸孔参与了形象的创造。因此，每个人都能从屠格涅夫的类型特征中认出他的某个熟人。这就是大师为他的造物所注入的生命的气息，他们不仅对读者来说是可能存在的，而且他们自身的存在也变得有血有肉起来。

14. 这些类型与屠格涅夫个人战争的进展相一致，创造了一个不断进步的系列。因此，最早在极度绝望的印象下描写的是多余人的类型——那种不仅什么也不做，而且也没有能力做事、从来没有努力奋斗过的人。多余人不仅软弱无力，而且也知道自身的软弱无力，所以他的灵魂和肉体都已经死了。这篇早在1850年就写成的关于一个活尸的特写可以说开启了他未来所有悲剧的序幕。然而，屠格涅夫很快就从这种深度的无力感中抽离，上升到至少表面上有力量的高度。虽然罗亭在本质上和丘尔卡图林一样无能，但他至少表现出了一种力量。因此，罗亭是语言上的英雄，自吹自擂者；他高谈阔论，魅力四射，蛊惑人心，但这一切都仅止于言语，罗亭生时无用，他的死也毫无意义。然而，在《父与子》中，巴扎罗夫不再是一个夸夸其谈的人；他已经上升到了愤怒与反叛；他活出了自己的精神，顽强地反抗社会、宗教和体制。屠格涅夫从巴扎罗夫又上升到了《处女地》中的涅日丹诺夫的高度，他的攻击性已经是无可置疑的了。涅日丹诺夫不再沉迷于对政府长篇大论的指责，而是闷头组织革命力量进行实战。最后，屠格涅夫上升到最高类型的战士——索菲亚·佩罗夫斯卡娅的高度；他在简短的尾声中描绘出这一最后的类型，就如同他在简短的序幕中描绘出第一种类型一样。从下面这首短篇散文诗中可以清楚地看出这最后的类型对屠格涅夫来说意味着什么。

门槛

我看见一座高大的楼宇。

正面墙上一道狭窄的门敞开着。门里是一片阴沉的黑暗。一个姑娘站在高高的门槛前……一个俄罗斯姑娘。

那浓稠的黑暗里散发出森森寒气,一个缓慢而低沉的声音伴随着阵阵寒气从大楼深处传来。

"啊,是你,想要跨过这道门槛吗?你可知道,里面等待你的是什么?"

"知道,"姑娘答道。

"等着你的是寒冷,饥饿,仇恨,耻笑,蔑视,屈辱,牢狱,疾病,还有死亡?"

"知道。"

"与世隔绝,孤身一人?"

"知道。我准备好了。我将忍受一切痛苦,一切打击。"

"不仅是敌人带给你的痛苦和打击,还有亲人和朋友的?"

"知道……还有他们的。"

"好吧。你准备好牺牲了吗?"

"是的。"

"无人知晓的牺牲?你死了,但是没有人,甚至没有人知道去纪念谁?"

"我不需要感激和怜悯。我也不需要人们记住我。"

"你准备好去犯罪吗?"

姑娘低下头……

"我甘愿去犯罪。"

那个声音没有立刻接着问下去。

"你可知道,"他终于开口问道,"你可能不再相信你现在相信的东西,你可能会觉得自己受了骗,白白葬送了自己年轻的生命?"

"这些我都知道。但我还是要进去。"

"进来吧!"

姑娘跨过门槛，沉重的门帘在她身后落下。

"傻瓜！"有人在后面咬牙切齿地说。

"圣人！"不知从哪儿传来一声回答。

15. 这就是屠格涅夫本人的两个主要特征。他心中有战士的战斗气质，头脑中有哲学家的怀疑气质；因为第一个特征他选择了自己的道路；而第二个特征决定了他如何走过这条道路。他的六部伟大的艺术作品都是悲剧。罗亭毫无必要地死在了巷战中；英沙罗夫甚至还没到达他想要解放的国家就死了；巴扎罗夫死于意外的血液感染；涅日丹诺夫死在了自己手里。对此，批评家们提出了一个十分方便的解释，他们说，屠格涅夫，作为艺术家，诗人，创作者，不知道在故事的结尾如何安置他的主人公们，因此他杀死了他们，这个解释完全解释不了屠格涅夫。事实是，怀疑论者、悲观主义者屠格涅夫作为一个忠于其信仰的艺术家，除了让人物死去之外，不能做任何事情。因为在他看来，残酷的天意，无情的命运，不仅仅是言语上的比喻，而是现实中的实际情况。对屠格涅夫来说，生活归根结底是一场悲剧；无论他将他的主人公们置于怎样的庇护之下，他都觉得他们迟早会成为盲目的命运、野蛮的力量以及众神那无情地把一切碾成粉末的粉碎机的牺牲品。

16. 因此，我试图给你们解释一下屠格涅夫，也许，不仅解释他的生活，也解释他独特的创作方向，不仅解释他才智上的不足，也解释他艺术上的优点。

17. 屠格涅夫作为一个伟大的创建者、建造者、建筑师，他最首要的优点就是无与伦比的形式感。他的六部小说作为建造和设计的杰作可谓无可匹敌，有门廊，有阳台，有主体，有屋顶，一切都有着和谐的比例。这些作品形式上的完美甚至让英国最伟大的文人也相形见绌，他们也在无望地努力探索和谐的形式之美。例如，作为建筑杰作，《处女地》与《弗洛斯河上的磨坊》的关系，就像华盛顿的国会大厦与奥尔巴尼的国会大厦的关系一样。一个丰满美丽,另一个则是棱角分明的巨怪。英国的沃尔特·司各特和美国的豪威尔斯[1]先生,是"唯二"具有这种使屠格涅夫的艺术臻于完美的形式感的英语小说家。不幸的是,沃尔特·司各特作为文学典范早已被世人所弃,而豪威尔斯先生甚至还未曾被接受。

18. 屠格涅夫艺术的第二个主要优点是他能用最简练的语言表达最丰富的含义,这种技艺使他可以花费最少的力气制造出最强烈的效果。他的故事有一种我只能称之为爱默生式的紧凑感。在他六部伟大小说中,只有一部长达三百页;其他五部小说没有一部超过两百页。因此,屠格涅夫的艺术与每部小说要有三卷本的英国标准形成鲜明对比。对于英美社会来说的最重要的优点对屠格涅夫来说却是最大的艺术缺陷。作为一个艺术家,屠格涅夫最厌恶的是聪明,这种聪明就是把一项技艺——仅凭借唯一的思想火花磷火般炫目的光芒夹带出一整车糠皮——掌握得炉火纯青;这种聪明,像一切磷光一样,只要稍微一靠近上帝赐予的真实阳光或灵魂的真正力量就立刻呈现出一种病态的苍白。关于简洁这一优点,他作品的每一页几乎都提供了例证;但是没有哪部作品中的例子像《多余人日记》中这般俯拾即是。

19. 这部作品是屠格涅夫在三十二岁时写的,那时他才刚刚开始他的艺术生涯,作品虽然只有六十多页,但实际上可以说凝聚了屠格涅夫作为一个艺术家的全部力量。虽然在印象的强烈度上,它和与之有着惊人的相似性的托尔斯泰的作品《伊万·伊里伊奇》不相上下,但作者以高超的技艺巧妙地将大量的宝石隐藏其中从而超越了托尔斯泰的特写,这些宝石在作品中闪闪发光。(1)在这个外省小城,来自圣彼得堡的狮子 N 公爵俘获了所有人的心。为了欢迎公爵举办了一场舞会,屠格涅夫写道,公爵"被主人包围着,是的,

---

[1] 豪威尔斯(1837—1920),美国小说家,批评家。

就像英国被大海包围着一样"。举办舞会的朋友们，想要猎狮的朋友们，你知道在这儿用"包围"这个词儿是多么妙啊！（2）多余人钟爱的姑娘最终被这个狮子诱惑了，她成了县城里的谈资。现在，屠格涅夫首先介绍了一个本性善良的大尉，他来拜访这个可怜的人并安慰他，这位不幸的情人在日记中写道："我怕他提起莉莎。但我的好大尉并不是个爱说闲话的人，而且，他看不起所有的女人，称她们为'沙拉'。"这就是屠格涅夫对这位大尉的全部描述，他对女人的鄙视通过把女人称作又酸又甜的鸡蛋蔬菜混合沙拉表现出来，尽管对这个大尉的描写只有寥寥数语但却比满页严谨细致的、写实的照相式描写更忠实可信。（3）在可怜的莉莎的毁灭被人知晓之前，当公爵，她的诱惑者，仍然像狮子一样高高在上的时候，莉莎忠实的情人向他提出决斗。多余人打伤了公爵的脸颊；而公爵认为他的对手甚至都不配挨他的枪子儿，于是回击的时候向空中开了枪。多余人就这样被击垮了，被摧毁了，他这样描述自己的感受："显然，这个人以他宽宏大量的气度彻底羞辱了我，杀死了我。我被狠狠地打击了，就像棺材盖子砰的一声盖在尸体上一样。"（4）那么，当这个绝望的情人在看到自己心爱的姑娘走向毁灭、投入诱惑者的怀抱时，你认为他所遭受的痛苦是无法形容的吗？但对屠格涅夫来说并不是。多余人在他的日记里又写道："当痛苦达到令我们心碎欲裂、像一辆超载的大车一样吱吱作响的程度，那痛苦就不再是可笑的了。"事实上，只有那些生命的最深处曾被震撼到的人才能够理解这个形象无与伦比的忠实贴切，灵魂像一辆超载的大车一样在颤抖，在吱吱作响，因为它的朴素而显得更加忠实。因此，当经历了最终的、最强烈的悲伤，当意识到被对手彻底碾压后，在他的日记里看到以下表述就不奇怪了：（5）"所以，我在受折磨，"多余人说，"就像一条后腿被车轮碾过的狗一样。"在我看来，即使在果戈理含泪的笑声中也找不到比这对痛苦更有力的描写了。

20. 屠格涅夫艺术的第三大优点是他对自然的热爱；在这方面，

除了另一位俄国文学大师托尔斯泰之外，我不知道在哪里还可以找到与他相似的人。因为果戈理虽然确实是个画家，但也只是描绘风景而已，而屠格涅夫却能让你感受到夏夜的微风。

21. 他对大自然爱得如此强烈，以至于大自然所有的变幻都能在他敏感的灵魂中找到相应的反馈。阳光普照的喜悦，天空被巨云遮蔽的阴郁，雷鸣的雄浑，闪电的颤动，黎明的光辉，小溪的潺潺声，甚至草叶的摆动，所有这一切他都怀着对自然的敬畏之情忠实地再现出来。因此，屠格涅夫至少保留了最高尚的宗教精神中的一个元素，那就是对高于人类的自然力量的敬畏；他自己也许会首先否认他具有这种敬畏之情，因为他自觉地认为自己是一个不敬的不可知论者。但是他的灵魂比他的逻辑更有智慧；不管他的头脑怎么把宇宙宣布为死的，他的手却把它描绘得活色生香。例如，他是这样描述暴风雨的：

> 与此同时，随着傍晚的来临，一场雷雨也随之而来。从中午起就空气发闷，从远处不时地传来轰隆隆的雷声。可是现在，那片一直像铅幕一样静卧在天边的巨型乌云开始蔓延生长，已经从树梢后面显露出来；沉闷的空气开始明显地颤抖起来，被不断靠近的雷声震得越来越厉害；起风了，把树叶吹得哗哗作响，接着又安静下来，接着又呼呼地吹了起来，呼啸起来。一片阴沉沉的黑暗笼罩着大地，迅速地赶走了晚霞的最后一点余晖；浓密的乌云好像被扯碎了一样突然开始飘动起来，在天空中散开；这时，下起了小雨，闪电吐出红色的火焰，响起了闷雷的怒吼声。

（选自短篇小说《僻静的角落》）

22. 请注意这些比喻的巧妙：云层静卧，空气颤抖、震动，黑暗笼罩大地，雷声怒吼。只有能够在大自然的力量中看到生命本质的眼睛才能看出它们如此鲜活的形象。

23. 最后，屠格涅夫艺术的第四大优点是他强烈的同情心。

24. 就其同情对象的广泛性而言，只有托尔斯泰才能与之相提并论。像托尔斯泰一样，他能以一种仿佛经过自身体验后的真实来描写一条狗、一只鸟儿的感情，就好像他的本性与它们的本性相通一样；而造物的另一个孩子，即男人们反复宣称无法真实描绘的、被称为女人的那个孩子，屠格涅夫也以一种连乔治·艾略特或乔治·桑都无法企及的优雅和忠实将她们描绘出来。因为屠格涅夫对女人的爱是任何女人都比不上的，他对她抱有无限的信心。因此，当他在《前夜》中想表达对俄国男人的极度失望，以至于他不得不在一个保加利亚人而非俄国人身上寻找爱国者的理想形象时，他仍然把国家的希望寄托在了俄国女性身上。屠格涅夫作品中最高贵的女性是叶琳娜，她鹤立于女性当中就好像英沙罗夫鹤立于男性当中一样，但她并不像英沙罗夫一样是个外国人，而是一个俄罗斯人。以下就是屠格涅夫对这个最高贵的女性生命中最高尚时刻的描写。

25. 这个贫穷的、前途未卜的外国人发现他爱上了富有的、上流社会的叶琳娜。他不知道她也爱他。他决定离开，甚至没有跟她告别。然而，他们却意外地相遇了。

"您从我们家来？"她问他。

"不……不是从您家来。"

"不是？"叶琳娜重复道，并且努力挤出一丝笑容来，"那么您打算履行昨天的诺言吗？我从早上就一直在等您。"

"我记得昨天，叶琳娜·尼古拉耶夫娜，我什么也没有承诺。"

叶琳娜又勉强笑了笑，一只手在脸上划过。她的脸和手都十分苍白。

"那么，您打算不和我们告别就离开吗？"

"是的，"英沙罗夫生硬地闷声说道。

"怎么？在我们已经相识，说了那么多话，经过那一切之后……那么，如果我没有在这儿偶然碰见您，"（叶琳娜的声音变尖了，她停了一会儿）"您就这么离开了，连最后一次握手都没有，您不会遗憾吗？"

英沙罗夫把头转了过去。

"叶琳娜·尼古拉耶夫娜，请不要这样说。您不说这些我就已经很难过了。请相信，我下了很大力气才做出这个决定。假如您知道……"

"我不想知道，"叶琳娜惊恐地打断了他，"您为什么要走……看来，需要这么做。看来，我们必须分别。要是没有理由您也不会伤朋友们的心。但是，难道朋友是这样告别的吗？要知道我们是朋友，不是吗？"

"不是，"英沙罗夫说。

"那是什么？"叶琳娜小声说，她的脸颊微微有些发红。

"就因为我们不是朋友，我才一定要走。别让我说出我不想说、也不会说的那些话。"

"您从前对我可是坦诚相待，"叶琳娜微嗔道，"您记得吗？"

"那时候我可以坦诚，那时候我没什么要隐瞒的，但是现在……"

"现在怎样？……"叶琳娜问道。

"现在嘛……现在我该走了。再见啦！"

如果此时英沙罗夫抬头看一看叶琳娜，他就会发现，他越是眉头紧锁、低沉阴郁，她的面容就越是明亮开朗，但他却一直盯着地面。

"好吧，再见吧，德米特里·尼康罗维奇，"她开口说道，

"但是既然我们已经碰面了，至少再握一次手吧。"

英沙罗夫伸出一只手。

"不，我做不到，"他再次转过头小声说道。

"做不到？"

"做不到……再见了。"

于是他朝教堂门口走去。

"再等一会儿，"叶琳娜说道，"您似乎害怕我。而我比您更勇敢，"她补充说，她的全身忽然微微颤抖了一下，"我可以对您说出来……您想听吗？……您为什么在这儿碰见我？您知道我刚才要去哪儿吗？"

英沙罗夫惊讶地看着叶琳娜。

"我要去找您。"

"找我？"

叶琳娜用手蒙住了脸。

"您想要逼我说出来，我爱您，"她低声说道，"瞧……我说出来了。"

"叶琳娜！"英沙罗夫尖声叫道。

她移开双手，看了他一眼，接着就倒在了他的怀里。

他紧紧地拥抱着她，沉默不语。他根本无须对她说，他爱她。从他的一声惊呼，从他整个人瞬间的转变，从她如此信任地依偎着的那个胸膛的上下起伏，从他的指尖触摸她头发的方式，叶琳娜就可以明白她是被爱的。他不说话，但她也不需要任何言语。"他在这里，他爱她，还有什么需要的呢？"这是幸福的宁静，抵达目的地后在无人打扰的避风港中的宁静，那种能给死亡赋予意义和美感的天堂般的宁静充溢着她的全身，在她心里掀起幸福的波浪。她什么都不希求，因为她拥有一切。"哦，我的兄弟，我的朋友，我亲爱的！"她的嘴唇低语着，她自己也不知道在她胸中如此甜蜜地跳动着，融化着的那颗心是谁的，是他的，还是她的。

他一动不动地站在那里，紧紧地拥抱着这个刚刚把自己献给他的年轻生命；他感受着胸前这个新出现的、无限珍贵的重担；一种无法形容的柔情和感激将他那坚硬的灵魂碾成了粉末，眼中涌出了迄今为止他还从未体验过的泪水……

而她没有哭，她只是反复说着，"哦，我的朋友！我的兄弟！"

"那么你会跟着我去任何地方吗？"一刻钟后他对她说，仍然把她拥在自己的怀抱里。

"任何地方，世界的尽头。你在哪儿，我就在哪儿。"

"你不要欺骗自己了，你的父母永远不会同意我们结婚，你知道吗？"

"我没有欺骗自己，这一点我是知道的。"

"你知道，我是个穷人，和乞丐差不多吗？"

"我知道。"

"我不是俄国人，注定不会在俄国生活，你将不得不断绝与祖国和亲人的一切联系？"

"我知道，我知道。"

"你可知道，我把自己献给了一项艰难的、没有回报的事业，我……我们不仅会身陷险境，可能还要遭受贫穷和屈辱？"

"我知道，我全都知道……我爱你。"

"你将要抛弃你习惯的一切，在那里孤身一人处于外国人中间，也许，你还要被迫去工作……"

她用一只手捂住了他的嘴唇。

"我爱你，亲爱的。"

他开始热情地亲吻她纤细的、玫瑰色的手。叶琳娜没有把手从他的嘴唇上移开，而是带着孩子般的喜悦，好奇地微笑着，看着他将亲吻布满她的手和指尖……

她突然脸色绯红,将脸埋在了他的胸前。

他温柔地抬起她的头,目不转睛地看着她的眼睛。

"那么,你好,"他对她说道,"我在世人和上帝面前的妻子!"

26. 这些就是屠格涅夫的诸多了不起的优点,这些优点使他成为最令人愉快的艺术家。但是他还有一大缺点,那就是怀疑、绝望。作为一个精神滋养者,这一缺点使他成为作家中最无益处的那类人。

27. 朋友们,无论说多少次都不过分,凡是往心灵中注入新力量的东西都来自伟大的上帝,来自至善;凡是从心灵中汲取力量的东西都来自魔鬼,来自至恶。能够赋予灵魂不竭力量的源泉已经被证明不是怀疑和绝望,而是相信和希望——相信人类的命运是由爱指引的,即使它引导我们经历了悲伤和痛苦;相信在不和谐的、盲目的命运和暴力的表象背后,终究可以找到和谐的、富于远见卓识的、仁爱的本质;希望无论现在多么可怕,未来仍将是一个欢乐的、和平的未来。如果理性和它的逻辑能够强化这个信念,这个希望,那么就欢迎理性,祝福理性;但是,如果理性和它的逻辑只能让我怀疑智慧的存在,爱的存在,那么就要离开理性,诅咒理性。说实在的,通过它们的果实,你就可以认识他们!

28. 因此,屠格涅夫创造不出一个列文来,因为他没有使托尔斯泰的列文成为可能的那种信仰。他对世界充满了悲观主义的哀伤,从心底里相信,人在悲伤中诞生,也必然在悲伤中生活。屠格涅夫带着一种先知的崇高感情哭喊着:"从原始森林的最深处,从永恒的流水的深处,都回响着大自然向人类发出的同样的呼喊:'我与你无关。我统治一切,而你要当心你的小命,蝼蚁!'"虽然他个人确实贡献了他力所能及的力量来缓解人类眼下的疾病,但他对减轻人类未来的疾病却无能为力;既然他自己都不抱有希望,那么他就无法用希望去激励人们。因为希望来自信心,而屠格涅夫没有信心。屠格涅夫和另一位伟大的小说大师乔治·艾略特一样，都是不折不扣的不成熟时代的孩子，不是科学、知识的孩子，而是愚昧、无知和不可知论的孩子；因为只有无知才会怀疑，而真正科学的态度是相信。

  29. 我不能让你们就这样告别屠格涅夫，至少我要促使你们能从他生命中的一个事实中有所受益。屠格涅夫没能达到最高点，即托尔斯泰的高度，因为他没能把自己从永远束缚他灵魂的孤独中解放出来。他未能摆脱对上帝根深蒂固的不信任感，而这种不信任是一切绝望的根源。我的朋友们，你们也同样抱有这种不信任感。在社会上，你们害怕一句肺腑之言会引起的后果，甚至害怕把目光投向那个相识的兄弟，只因为这个兄弟还没有被正式地介绍给你，你们心里不是在怀疑自己的神吗？上帝行事时绝没有对兄弟的恐惧，而是信赖他们。你出于恐惧拒绝帮助一个乞丐，因为他看起来像个骗子，说到底这不也是对心中上帝的怀疑吗？上帝怜悯每一个人，即使他是个骗子。屠格涅夫没有到达最高点，因为他没有摆脱其智慧中的怀疑主义思想。我的朋友们，你们不也同样面临着不能达到最高境界的危险吗？因为你们也不能放下心中的怀疑。

第五讲

艺术家　托尔斯泰

1. 我在第一讲中已经说过，人的灵魂总是奋力向上向前；它的目标是建立一个天堂之国，它包含了对天国上帝的崇敬和对下界人间的爱。我已经说过，文学记录了灵魂不断向上的旅程；文学发展的各个阶段只是这条道路上众多的里程桩而已；在歌者、抗议者、战士的声音都安静下来之后，定会在文学中听到那最崇高的、不朽的声音，那就是传道者、先知、鼓舞者的声音。我已经说过，普希金是歌者，果戈理是抗议者，屠格涅夫是战士，因此，托尔斯泰是俄国文学中的传道者，鼓舞者。

2. 但正因为托尔斯泰是先知、激励者、宣传者，托尔斯泰就不再仅仅是个俄国作家。普希金是俄国歌者，果戈理是俄国的抗议者，屠格涅夫是俄国的战士；但托尔斯泰不仅仅是俄国的鼓舞者，而是全人类的鼓舞者。托尔斯泰身上的俄罗斯性最少，因为他身上普遍的人性最多；他最不像斯拉夫人之子，因为他最像上帝之子。托尔斯泰的声音不是十九世纪的声音，而是所有世纪的声音；托尔斯泰的声音不是一个国家的声音，而是所有国家的声音；因为托尔斯泰的声音，简而言之，是上帝通过人说出的话语。

3. 因为，朋友们，天堂里有一位上帝，尽管悲观主义者和不可知论的声音从未如此高涨地反对过他。有一位神，掌管天地；他在空间上无所不在，在时间上永存不朽。他与天空同在，与星辰共辉；

与太阳一起微笑，与月亮一起呼吸。他随云飘荡，随风航行；与闪电同耀，与雷声同鸣；他随海浪翻腾，随浪花喷涌；它与江河同流，与激流同奔，与溪水一起潺潺作响，与露珠一起闪闪发亮；它与风景同在，与草地一起欢笑，与大树一起摇曳，与树叶一起颤抖。他与鸟儿一起歌唱，与蜜蜂一起嗡鸣；与狮子一起吼叫，与骏马一起奔腾；与虫豸一起爬行，与鹰隼一起翱翔；与江豚同游，与鱼同潜。他与爱人之人同在，向恨人之人求情。他与慈悲之人一起发光，与祷告之人一起乞求。他永远在人的近旁，——他，就是光明之王！

4. 而且我告诉你们，上帝并没有将自己隐藏起来，躲避人心。他曾对摩西和先知们说话，并借由他们发声，他仍然与我们同在。他曾对耶稣和使徒说话，并借由他们发声，他仍然与我们同在。他曾对穆罕默德和路德说话，并通过他们发声，——他仍然与我们同在。不久前他通过卡莱尔和爱默生发声，他们的声音还没有消失。我的朋友们，他仍在通过英国的拉斯金和俄国的托尔斯泰发声。他将永远通过那些因为了解他而全心全意爱他，或是因为不了解他而全心全意寻找他的真诚的灵魂来发声。所以不要以为上帝已经不再借由他人对人类说话了。如果人关心的是获得足够多的启示，那么上帝关心的就是能够有足够多的启示者。

5. 在这些天堂派来的启示者中，托尔斯泰是来得最晚的一个。但不要以为，说他是上天派来的，我是在试图解释什么。至上是永远无法解释的，现代科学的困扰就是它总是要解释一些无法解释的事情。在至上面前，我们只能沉默不语，这是最谦卑的灵魂所具有的最崇高的感情。因此某位希腊画家，在要描绘出一位父亲的巨大痛苦时，却于绝望中放弃了，而只是画父亲掩住自己的脸①；孩子们

---

① 相传古希腊画家帖曼塞斯（Timanthus）在画《伊菲革涅亚的献祭》时，他放弃了画出阿伽门农的脸，似乎承认这超出了自己的艺术极限，无法表现出如此巨大的痛苦。画中同意献祭自己女儿的阿伽门农以手掩面，容不可睹，却给观众以丰富的艺术感受。

问梅耶·冯·不莱梅①的祖母,她抱的那个可爱的宝贝是从哪里来的,她只能回答:"是鹳把他送来的";所以我只能对你说,托尔斯泰是上天派到人间来的。

6. 我说他是上天派来的,因为他来不是为了宣告那些转瞬即逝的东西,而是那些长久永恒的东西。他来不是为了宣告最新的万有引力理论、分子振动理论、热模式理论、冷模式理论、生存竞争理论、供求理论,不,甚至也不是科学的仁爱理论。他宣扬的是在耶稣时代和在达尔文时代都同样正确的真理,即人的生命只有以对上帝的顺从和对人类的爱为指引才有意义。万有引力,生存竞争!上帝出于神秘的冲动将地球置于太空的深渊中不停旋转,这被科学直接贴上了万有引力的标签,在人类的大脑做出这一惊人的发现之前,地球已经围绕它的天父旋转了很多年。这个绿色的地球一直在转动,这个绿色的地球还将继续转动,无论是否有标签;人们在知道万有引力之前不了解上帝的奥秘,现在知道万有引力之后也仍然不了解上帝的奥秘。长久以来,人类在上帝的祝福下繁衍生息,彼此相爱,在人类做出这一惊人发现之前的漫长岁月里,人类从猴子中诞生,在生存竞争中长大,在物种的良好发展下最终注定因为马尔萨斯法则而变得残酷起来,像食人族一样以兄弟的血肉为生,只在供求最为丰富的时候才有自尊心和慈善精神。托尔斯泰来宣扬的不是新的关于死亡的福音,而是旧的关于生命的福音;不是生存斗争的新福音,而是为生存而助人为乐的旧福音;不是互相竞争的新福音,而是兄弟情谊的旧福音。托尔斯泰来宣讲的是上帝的福音、人类的福音、基督的福音、苏格拉底的福音、爱比克泰德②的福音、奥勒留③的福音、卡莱尔的福音、爱默生的福音——是崇敬上帝、热爱人类者的福音,它的确很古老,但是,唉,在处于黑暗中的子民眼里它

---

① 约翰·格奥尔格·梅耶·冯·不莱梅(1813—1886),德国画家。
② 爱比克泰德(55—135),古罗马著名哲学家。
③ 奥勒留(121—180),罗马帝国皇帝,思想家。

永远都是新的！

7. 托尔斯泰就属于这些人之列：这些人中谁更伟大，谁更渺小？我的朋友们，在这些人面前，我们不是处于可测量的行星之中，而是处于不可测量的恒星之中。小天狼星确实比织女星更闪亮，织女星比大角星更闪亮，大角星比五车二星更闪亮，五车二星比毕宿五星更闪亮；但谁又敢说这些恒星中哪一个更大，哪一个更小呢？亮度的差异不在于星星本身，而在于我们的眼睛。我们与这些最接近上帝宝座的灵魂之间的距离是不可估量的，当我站在你们面前时，我这个小小蠕虫怎敢妄想去衡量谁更伟大，谁更渺小。与其把时间花在无益的称重测量上，我劝你们不如怀着敬畏与感激的心低下头赞美上帝的仁慈，因他的怜悯，才不时地往人间派出这些发出富有生气的、有助于人的声音的人。

8. 因此，托尔斯泰是那种我不能手持解剖刀去靠近的灵魂之一，像批评家为"阐释"托尔斯泰所做的那样。要做到这一点必须冷酷无情才行，一位有事业心的记者就是这样冷酷无情，他在一位杰出的公民去世后立即要求采访"尸体的叔叔"。在这个时代，伤感已经成为无能的代名词、心脏仅仅是血液的压力泵；在这个时代，施舍必须包裹在襁褓中，以免在帮助兄弟时却伤害到他；当穷人被拜访他们的有钱朋友教导，不要在对伴侣心生爱慕的时候成家，而只有当爱产生于钱袋的时候再成家——在这样一个时代，那位记者从情感中解脱出来确实是最有价值的收获。但我，唉！还做不到！因此，我既不去评价传道者托尔斯泰，也不去衡量他。今天，我只向你们指出，他与上帝所挑选的其他那些高贵的信使有什么不同之处，因为他必须和他们有所不同。

9. 第一个显著的区别是托尔斯泰不仅是个伟大的传道者，还是一个完美的艺术家，一个创作者。因为马可·奥勒留不是艺术家。他只是一个演说者；他用朴素的、不加修饰的，甚至常常是未经打磨的语言来传达他的信息。爱彼克泰德与马可·奥勒留同样简单、直接,然而,在他严肃的书页中,已经点缀着某种幽默,不时地闪烁着光芒。拉斯金具有了相当可观的艺术性;他带来了尖刻、讥讽以及经常出现的辛辣感,这使他在鼓舞人心的同时还很有趣味。爱默生和卡莱尔带来了许多艺术作品;也许在更有利的条件下,这些东西本身都是值得保存的:一个带来了一种优雅、活泼和光彩,使人着迷;另一个带来了一种激情、一种想象、严肃的幽默和闪电的光芒,使人眼花缭乱。但这些人都不是因为他们的艺术而在文学中存活。如果他们单凭这一点,他们很快就会死亡。他们存活下来,是因为圣灵通过他们在工作。所以如果你从卡莱尔那里带走耶利米,从拉斯金那里带走施洗约翰,从爱默生那里带走所罗门,你就剥夺了他们的文学生命。然而,托尔斯泰,尽管传道者已经离开了他,但是他的艺术使他仍然是一股强大的文学力量。因为他的作品不仅有最高的目的,而且是用最高的艺术水准创造的。我只能引用两段话来向你们展示其中的区别,一段来自卡莱尔,另一段来自托尔斯泰,这两段话都描写了灵魂几乎最高尚的情感——忏悔。

总的来说,我们太在意过错了。什么过错呢?我要说,最大的过错就是没有意识到任何过错。人们认为,读圣经的人可能会比所有人都更明白这一点。在那里谁被称为"合乎上帝心意的人"呢?大卫,希伯来王,已经犯下了累累罪行,罪大恶极,无恶不作。不信上帝的人就嘲笑地说,"这就是那个合乎上帝心意的人吗?"我必须得说,这种嘲笑很肤浅。

如果对生命内在的秘密,那些悔恨、诱惑,以及真实的、经常性的且永无休止的斗争都避而不谈,又怎么能评判那些缺点和生命外在的细节呢?"行路的人不能决定自己的脚步。"对于一个人来说,忏悔不是所有行为中最神圣的吗?要我说,最大的罪过就是高傲地认为自己毫无罪过;那等同于死亡;心灵自觉地离开了真诚、谦卑和事实,它已失去了生命。它"纯净"

得好像毫无生命迹象的干沙。

我认为大卫的生平和历史，正如他在那些《诗篇》中所写的那样，是人类道德进步和斗争的最真实的象征。凡是真诚的人都将从中看到一个真诚的人类灵魂为追求善和至善而进行的忠诚斗争。斗争常常是挫败的，痛苦的，甚至一败涂地；然而，斗争从来没有结束；永远带着泪水、悔恨、不可战胜的目标重新开始。可悲的人类的本性！事实上，一个人学走路不就是会不断地摔倒吗？人别无选择。在这种野蛮的生活环境中，他必须奋斗向前；即便摔倒了，饱受屈辱，也必须带着泪水、悔恨和流血的心，再站起来，再奋斗，再前进。他的斗争是忠诚的，不可征服的，这就是一切问题的本质。我们将忍受许多悲伤的细节，如果他的灵魂是真诚的，我们就应该容忍那些令人悲伤的细枝末节。细节本身并不能告诉我们事物的本质。

（选自《论英雄、英雄崇拜和历史上的英雄事迹》）

10. 尽管这段话很有感染力，但我还是觉得托尔斯泰对同一主题的处理比卡莱尔更具有艺术性，他将自己的经验以客观的形式表现出来，而卡莱尔则是以主观的方式来处理。现在听听托尔斯泰的叙述：

有一个人在世上活了七十年，一生犯下各种罪行。这个人病了，但仍不思悔改。但当死亡临近的时候，他哭了起来，说："主啊，你既赦免了十字架上的强盗，也饶恕我吧！"他刚说完，灵魂就飞走了。那罪人的灵魂开始爱上帝，相信他的仁慈，灵魂飞到了天堂的大门前。

罪人开始敲门，请求允许他进入天国。

门里传来一个声音："叩门的人是谁？这个人一生中做了什

么事?"

一个揭发者回答了这个问题,述说了这个人的一切罪行,没说出一件善行。

门里的声音回答说:"罪人不能进天国。离开这里吧!"

这个人说:"主啊!我听见了你的声音,却看不见你的面容,不知道你的名。"

那声音回答说:"我是使徒彼得。"

罪人说:"彼得使徒,可怜可怜我吧,想想人类的软弱和上帝的仁慈。你不是基督的门徒吗?不是从他口中聆听了他的教诲,不是以他的生活为榜样吗?你可记得,他疲倦悲伤时曾三次求你不要睡觉,要你祈祷,而你却因为双眼困倦而睡着了,他三次都发现你在睡觉。我也一样。"

"你可记得,你怎样向他许诺到死都不会背弃他,当他被带到该亚法那里去时,你又是怎样三次背弃了他。我也一样。"

"你可还记得鸡叫和你跑到外面痛苦的场景。我也一样。你不能不让我进去。"

门里的声音安静下来。

罪人站了一会儿,又开始敲门,请求进入天国。

门里传来另一个人的声音:"这人是谁?他在世时是个怎样的人?"

一个揭发者回答了他,再次重复了一遍罪人的一切罪行,没有说出一件善行。于是门里的声音回答说:

"离开这里吧:这样的罪人不能和我们一起生活在天堂。"

于是罪人说:"主啊!我听见了你的声音,却看不见你的面容,不知道你的名。"

那个声音回答说:"我是王,是先知,大卫。"

那罪人没有绝望,也没有离开天堂的大门,他说:"大卫王,可怜可怜我吧,想想人类的软弱和上帝的仁慈。上帝爱你，并在世人面前恩宠你。你拥有一切——王国，荣耀，财富，妻子和儿子；你从房顶上看见了穷人的妻子，就起了歹意，你夺走了乌利亚的妻子，用亚扪人的剑杀了他。你很富有，却从穷人那里夺去了他最后的羊羔，还杀死了他。我也一样！"

"再想想你是怎样悔过的，你说：'我承认我的罪行，并为我的罪行感到痛心。'我也一样。你不能不让我进去。"

门里的声音又安静下来。

罪人站了一会儿，又开始敲门，请求进入天国。他听见从门里传来了第三个人的声音："这个人是谁？他在世上怎样度过一生？"

揭发者回答了这个问题，第三次列举了他的一切罪行，没有说出一件善行。

门里的声音回答说："离开这里吧！罪人不能进入天国。"

罪人回答说："我听见你的声音，却看不见你的面容，不知道你的名。"

那个声音回答说："我是约翰，基督最爱的门徒。"

那罪人高兴起来，他说："现在不能不让我进去了。彼得和大卫应该接纳我，因为他们知道人类的软弱和上帝的仁慈；你应该接纳我，因为你心中有许多的爱。约翰啊，难道不是你在自己的书上写着上帝即是爱吗，凡不知道爱的，就不知道上帝吗？你在老年时不是只对人说一句话：'弟兄们，你们要彼此相爱'吗？现在你怎能憎恨我，赶我离开呢？你或者背弃你自己说过的话，或者爱我，让我进入天国。"

天堂的门开了，约翰拥抱了悔改的罪人，放他进入天国。

（《忏悔的罪人》）

11. 因此，托尔斯泰是所有人中唯一一个将最高的抱负与最高的艺术技巧完美结合的典范。托尔斯泰只把自己看作传道者，因此在他六十岁的时候，他毫不犹豫地否定他所有的那些不涉及传道的作品，无论它们作为艺术作品具有多么重要的价值。屠格涅夫只把他看作艺术家，因此，他在临终之前的病床上还恳求自己的同行回到被他抛弃的艺术领域。他们两人都是对的，也都是错的。因为每个人都只看到了一面，托尔斯泰不仅仅是传道者，也不仅仅是艺术家。托尔斯泰，就像古时的杰纳斯神一样，有两副面孔，当他的灵魂处于战斗状态时，他是艺术家；当他的灵魂处于和平状态时，他是传道者。屠格涅夫只看到了他艺术家的面孔；托尔斯泰则用传道者的面孔看向这个世界。

12. 传道者与艺术家出色地结合在一起，也相应地决定了托尔斯泰艺术的特点。托尔斯泰对他所要描述的每一件事、每一种现象，所问的第一个问题就是：这对人的灵魂有什么影响？这对人的生活有什么影响？简而言之，它的道德意义是什么？因此，当托尔斯泰在描绘时，他不仅是客观地描绘，同时也是主观地描绘。例如，在第一讲中我已经给你们读过的关于暴风雨的景象，托尔斯泰不满足于仅仅给你们呈现暴风雨表面上的样子，它在大自然中的表现，他一定要描绘出暴风雨对灵魂的影响才肯罢休；它所引发的惊惧程度与乌云的动向相一致。于是，那个乞丐突然从桥下出现，他伸出那可怕的残手，在马车旁一边跑一边乞讨。这一事件是暴风雨的一部分，对小卡津卡和柳博奇卡什卡来说，就像耀眼的闪电和隆隆的雷声一样可怕。艺术家托尔斯泰从来没有用肉身之眼去看自然，而是用灵魂之眼去看；他观察事物永远带着潜在的思想，他从来不会在观察客体时没有任何增补、没有主体的介入。因此，托尔斯泰是排在首位的伟大艺术家，他描绘了整个自然（即便那些正大声叫嚷的、喜欢单纯的客观描写的独眼先知们占了上风，他也仍然是一个伟大的艺术家，只不过，唉！被排在了末位）。托尔斯泰是首屈一指的伟大的艺术家，因为，在他笔下的画面中不仅呈现出了可见的细节，同时也呈现出了不可见的细节。对托尔斯泰来说，只有当他展示出琴弦发出的音乐是怎样不但振动了空气，而且震颤了灵魂时，才算是完整地描写出琴弦的振动。托尔斯泰作为一位画师，他既描绘内在的宇宙，也描绘外在的宇宙；既描绘精神的宇宙，也描绘自然的宇宙；既描绘可见的事物，也描绘不可见的事物。托尔斯泰的描写已穷尽了自然的方方面面。他像席勒笔下的潜水者一样，潜入了大自然的最深处，瞧！他又带着被大自然吞没的财宝从深渊里钻了出来。的确，在这方面托尔斯泰是无可匹敌的。在这方面，只有一位文人与其有着微弱的相似性，那就是拉尔夫·沃尔多·爱默生。

13. 托尔斯泰是布道者和美的崇拜者的结合，这种结合而产生的艺术只能是最高级的，而且必然是最高级的，对此我可以毫不犹豫地断言。因此，请从这一角度来阅读《安娜·卡列尼娜》第七部中讲述吉蒂和列文的儿子出生情况的几个章节。我们当代那些不顾一切危险只信奉"忠实"，甚至是对垃圾的忠实的信徒们，在描写这一场景时给你们呈现的是鲜血，毛巾，盆，瓶瓶罐罐，甚至会让你们闻到难闻的气味，他们会给你描写一切细节，尽管这些细节在那些不得不在病房里旁观的人们看来的确令人怜惜，但是对病房外的人来说只会令他们感到厌恶。令传道者托尔斯泰感到惊讶的是当一个新生的人类灵魂进入这个世界时伴随的那种无法估量的痛苦，令人难以忍受的痛苦，而且因为这种痛苦无法解释，难以捉摸就更加令人难以忍受。他那伟大的艺术家的灵魂只有在为这样的痛苦至少哭喊一声过后才能得到安宁。因此，他必须描写出来；但是，要注意他不是通过忠实地再现吉蒂的痛苦直接描写，而是间接地，通过描写列文的痛苦来体现；因为第一种描写只会让人感到厌恶，而另一种描写则会震颤到读者的内心深处。丈夫比妻子更痛苦，因为他不是用长在头上的眼睛，而是用心灵的眼睛看着她；吉蒂的呻吟声从隔壁房间传到他耳中，医生给她上一剂药，的确可以叫她安静下来；

但是任何药物都不能平息列文的呻吟，因为那不是由身体的痛苦，而是由灵魂的痛苦而压迫出来的呻吟。爱、同情总是会令人豁然开朗，完美的艺术家托尔斯泰在这里以最高的忠诚再现了病房的情景，因为他不是用冷冰冰的机械的摄影艺术来再现，而是用温暖的、富有同情心的想象来再现这一场景。因此，托尔斯泰的描写是最高级的忠实，因为他并不是用长在头上的眼睛去观察，而是用心灵的眼睛去观察。

14. 作为这种艺术的最高典范，我不揣冒昧地给你们读一下托尔斯泰叙述安娜·卡列尼娜出轨的段落。在读者读到这一段之前，没有任何迹象表明她已经出轨了。观察一下托尔斯泰叙述这件事的方式。我大胆地认为，它比任何提供一些不必要细节的现实主义艺术所能做到的都更加忠实，因为它们没有这么精致：

> 在几乎整整一年的时间里，弗伦斯基的生活里只有一个渴望，取代了他以前的所有欲望；而对安娜来说，这是一个不可能的、可怕的梦想，但是由于这个原因，也就更加诱人，引人向往。这个愿望终于得到了满足。他脸色苍白，下颚发抖，站在她身边，求她安静下来，他不知道是怎么回事，也不知道怎样使她安静下来。
>
> "安娜，安娜，"他用颤抖的声音说，"看在上帝的份儿上……"
>
> 可是他说得越大声，她的头就垂得越低。从前她是那么骄傲和快乐，现在却羞愧难当。她弯下腰，从她坐着的沙发上倒了下去，朝着地板，朝他的脚边倒了下去；要不是他扶住了她，她就跌在地毯上了。
>
> "我的上帝啊！饶恕我吧！"她抽泣着说，并把他的手按在自己的胸口。
>
> 她觉得自己是那么罪恶，那么愧疚，她唯一能做的就是卑

躬屈节，乞求原谅。但是现在，除了他，她生活中没有任何人，所以她只能向他乞求原谅。当她看着他的时候，她的身体就感受到一种屈辱，再也说不出一句话来。在他这方面，他感觉就像一个杀人犯看着一具刚刚被他夺去生命的尸体一样。这个被他夺去生命的尸体就是他们的爱情，是他们刚刚萌发的爱情。那些以可怕的羞耻感为代价换取来的东西，一想起来就会觉得有些可怕又可恶。道德上赤裸裸的羞耻感压迫着她，这种羞耻感也传染给了他。但是，无论凶手在被杀者的尸体面前有多么害怕，都必须把尸体切成碎块，必须把尸体藏起来，而且必须享用通过谋杀而得到的战利品。

于是，就像凶手粗暴地、热切地扑向尸体，拖动它，切碎它一样，他也同样不停地吻着她的脸和肩膀。她握住他的手，一动也不动。是的，这些吻就是她以羞耻为代价换来的。是的，还有一只手，这只手将永远属于我了，我的同谋者的手。她举起这只手，吻了一下。他跪在地上，想看看她的脸，但她把脸藏了起来，什么也没说。最后，她好像竭力克制住了自己，站起身来，把他推开。她的脸还是那样美丽，而且更加楚楚动人了。

"一切都完了，"她说，"除了你我一无所有了。你记住这一点。"

"我不可能不铭记那像我的生命一样宝贵的东西。为了那一分钟的幸福……"

"幸福！"她带着恐惧和厌恶说道，她的恐惧也传染了他。"看在上帝的份上，别再说了，别再说了！"

她迅速地站起身，从他身边走开。

"别再说了，"她重复说，脸上带着一种令他感到奇怪的、冷酷而绝望的表情，离开了他。她觉得在这一刻，她无法用语言表达她在踏入新生活之前的羞耻、喜悦和恐惧，她也不想谈论它，不想用不恰当的语言使其变得庸俗。但即使是后来，即使到了第二天，第三天，她不仅仍然没有找到表达这些复杂感情的语言，而且甚至都找不到任何思绪，可以让她想清楚自己的心灵正在经历的一切。

她对自己说："不行，现在我不能思考这件事。再等等，等我再平静一些的时候。"但她的思想从来没有平静过；每当她想到自己做了什么，想到她将要面临什么，想到她应该怎么做，她就会感到恐惧，于是就把这些念头都驱除干净。

"以后，以后再说，"她重复说，"等我再冷静一些再说。"

但是在睡梦中，当她不能控制自己的思想时，她的处境就会丑陋地、赤裸裸地暴露在眼前。她几乎每晚都会做一个梦。她梦见他们俩都是她的丈夫，都在热烈地爱抚她。阿列克谢·亚历山德罗维奇一边哭，一边吻着她的手，说，"现在多快乐啊！"阿列克谢·弗伦斯基也在那里，他也是她的丈夫。她感到惊讶，为什么她以前觉得这是不可能的事情。于是她笑着向他们解释，这是多么简单的事情，现在他们俩都感到满意和幸福。但是这个梦像梦魇一样让她感到透不过气来，每次她都在恐惧中醒来。

15. 在托尔斯泰的作品中，这种不可企及的艺术典范几乎数不胜数。托尔斯泰的每一部作品中都表现出令人惊叹的忠实，豪威尔斯先生因此惊呼："这不是描绘生活，而是生活本身！"托尔斯泰的忠实不是通过描述事件本身，而是通过描述事件对灵魂的影响而实现的；就像战场上伤员无声的叹息比隆隆的炮声更能说明战斗的情况一样。我之所以说这是最高的艺术，是因为他的方法是世界通用的，而其他人的方法都是有特殊性的；因为人类舌尖上的语言虽然各不相同，但是精神上的语言却并无二致。

16. 从同样的角度阅读《童年、少年和青年》中无可匹敌的一系列生活场景。从同样的角度阅读《战争与和平》中别祖霍夫伯爵的死亡场景，大桥上的战争场面，鲍尔孔斯基受伤的场景；以及《安娜·卡列尼娜》中的滑冰场景，比赛场景，安娜和她亲爱的谢廖沙见面的场景。我的朋友们，我无法用语言来描述这样的艺术；我只能对你们呼喊："读吧，读吧，读吧！"带着谦卑与赞赏的感情去阅读。以这种精神阅读托尔斯泰，对你们来说，这本身就是在培养你们最高的艺术品位。当你们的灵魂能够被托尔斯泰难以言喻的艺术之美深深震撼时，你就会感到羞愧，因为多年来，你们，波士顿的精英们竟能一直容忍史蒂文森①和他的海德②、哈葛德③和他的《她》④，甚至毫无技巧可言的沃德夫人⑤和她沉闷乏味的埃尔斯梅尔⑥，以及诸如此类的作品，竟能打着文学的旗帜盗走了你们思考的时间。然后你们就会明白，为什么即便是冷酷艺术的提倡者、在艺术上淡漠寡情的豪威尔斯先生（尽管他在现实生活中是个勇敢的、充满激情的高尚的人），在托尔斯泰强大的力量面前也只能肃然起敬，而他唯一能低声说出的评语就是，"我无话可说！"豪威尔斯先生为托尔斯泰的《塞瓦斯托波尔》写的序言被一些自作聪明的人说成是他堕落的征兆。我的朋友们，不要相信他们。豪威尔斯先生对托尔斯泰的崇拜不仅不是他走下坡路的征兆，反而是他开始崛起的征兆。

17. 我认为这种双重呈现，这种主观方法与客观方法的结合，是最高的艺术，因为它是最全面的。并不是说托尔斯泰不能单独运用客观的方法取得最大的成功；当他运用客观方法时，他在这方面也

---

① 罗伯特·路易斯·史蒂文森（1850—1894），英国作家，新浪漫主义代表人物之一。
② 史蒂文森作品《化身博士》中的人物。
③ 亨利·莱特·哈葛德（1856—1925），英国小说家。
④ 《她》是哈葛德所写的一部小说，发表于1887年。
⑤ 汉弗莱·沃德夫人（1851—1920），英国小说家。
⑥ 沃德夫人作品《罗伯特·埃尔斯梅尔》中的人物。

不逊色于任何人，甚至屠格涅夫也不例外。比如，下面对火车到达场景的描写；不过，托尔斯泰艺术的精髓在于，无论他的创作冲动让他描写了什么，他都能抓住其笔下事物蕴含的普遍性意义。

18. 弗伦斯基正在和人交谈，突然停了下来。"不过，"他说，"火车已经来了。"

   火车的确已在远处鸣笛了。几分钟后，站台开始震动起来，严寒让火车喷出的蒸汽向低处蔓延，火车头滚动向前，中轮的连杆缓慢而有节奏地上下起伏，司机裹得严严实实的、弯着腰的身体上面结了一层霜。跟在煤水车后面的是行驶得更慢、却把站台震动得更加厉害的行李车厢，一条狗在里面吠叫。最后，旅客车厢进站了，车厢微微颤动了几下才彻底停下来。

   动作敏捷的列车员在火车还没有完全停稳之前就吹着口哨跳了下来；性急的旅客也跟在他的后面一个接一个地下了车：一个腰板挺直、目光冷淡地环顾四周的近卫军军官，一个面带微笑、手里拿着包裹的快活的小商贩，还有一个肩上扛着一个麻袋的农民。

19. 伟大的传道者与伟大的艺术家的结合，形成了托尔斯泰艺术的第二大特点，与屠格涅夫的建造风格相比，托尔斯泰的建造风格我必须称之为全景式的。我在关于屠格涅夫的上一讲中说过，他是小说艺术中的伟大建筑师。托尔斯泰是小说领域伟大的全景画家。他几乎不遵守任何建筑规律，但这并不是因为他缺乏屠格涅夫具有的那种对线条的比例和形式美的感知力，而是因为他的艺术从本质上来说并不需要规律性的发展过程和严格的形式轮廓。

20. 因此，托尔斯泰的杰作是全景画，他的艺术本能地寻找最容易达到这一目的的素材。他描写哥萨克，描写塞瓦斯托波尔的景色，描写涅赫柳多夫都是以此为目的。但是全景不需要情节。因此，他的《童年、少年和青年》甚至没有任何情节。它只是一系列的图画，每一幅图画本身都的确有一种无法言说的美，但所有这些图画是按照一定的方法组合在一起的，其目的是展现一个人的灵魂从摆脱动物属性到变身为人的整个成长过程的全貌。在全景图中，每一幅图画的位置无关紧要；正如考尔巴赫的作品《改革时代》一样，路德的形象是在左边还是在右边都无关紧要。《战争与和平》就像葛底斯堡战役一样，是一幅浩瀚的全景图，《安娜·卡列尼娜》也是一幅浩瀚的全景图；一幅是国家政治生活的全景图，另一幅是个人精神生活的全景图。但是，相对于情节全景画更需要群体；因此，《战争与和平》不是一个故事，而是三个故事；每个故事都不是关于一个人或一对恋人的，而是关于一群人、许多对恋人的故事。我们在《安娜·卡列尼娜》中也看到了同样的需要，托尔斯泰的素材也不是个体，而是群体。作为一个建筑品，这本书似乎形式上有所欠缺，作者似乎缺乏比例感；因为这本书很容易被分为两本不同的小说，一本是关于列文和吉蒂的故事，另一本是关于弗伦斯基和安娜的故事。作为建筑品，如果将两者分开，它们并不会因此受到损害。但是，作为一幅展示列文灵魂中的天堂景象和安娜灵魂中的地狱景象的全景图，就不能脱离安娜和弗伦斯基的故事来解读吉蒂和列文的故事，它们仍然是一个整体，这是完全可以理解的。

21. 托尔斯泰的艺术本质上是全景式的，而不是建筑式的，这一事实为他两部伟大作品《战争与和平》和《安娜·卡列尼娜》的宏大规模做出了解释。因为规模宏大是全景画的本质。因此，对这两部杰作提出的关于它们过于浩繁冗长的质疑，如果它们被认为是建筑作品的话，那确实是有意义的；但是，如果对于全景图来说，这个问题完全无关紧要。哪一种艺术形式更优越，哪一种更逊色——建筑师艺术的简洁、紧凑、严谨，还是全景艺术的膨胀、扩展、无拘无束？我认为，你们最好通过另一个问题来回答这个问题。作为一件艺术品，哪个更高级，是门德尔松的那首叫作"遗憾"的没有歌词的温柔的歌，还是他那被称为"第33号作品"、动人得难以形容的狂想曲？作为一件艺术品，哪个更高级，是莎士比亚那首无与伦比的悲伤之歌，"吹吧，吹吧，冬天的风"，还是他的《奥赛罗》？或者，肖邦的小夜曲和贝多芬的奏鸣曲，哪个更高级？麦考莱的文章和吉本的《罗马帝国衰亡史》，哪个更高级？最后，作为一件艺术品，哪个更高级，是施莱尔①画马时表现出的非凡的准确性，还是瓦格纳画罗马竞技场的赛马时呈现出的那种不可言喻的力量感？上述每一部作品在各自的层面上都是最高级的；但是，两部中的一部作品本身就处于比另一部作品更高的层级上，这一点几乎没有人看不出来。因为，在实现设计的执行力相等的情况下，场景越宽广，视野越开阔，看到的东西也就越全面，这样的艺术也必然更高级。扩展较少的作品最初的确能比另一类作品带给人更多的欢乐，因为它们更容易理解，但是如果将从中获得多少即时快乐作为终极标准，那么巴纳姆马戏团的表演就是比爱默生的书更伟大的事业，马克·吐温就是比卡莱尔更伟大的作家了。但是如果以创造力作为衡量艺术的最终标准，而且在各自不同的层级上执行力也旗鼓相当的情况下，那么贝多芬的层次必然高于肖邦，莎士比亚必然高于布兰科·怀特②，瓦格纳③必然高于梅耶·冯·不莱梅，托尔斯泰必然高于屠格涅夫。

22. "您看过我后来的作品吗？"托尔斯泰问一位来访者，他是《哥萨克》《战争与和平》和《安娜·卡列尼娜》的忠实粉丝。这个问题指的是他的宗教作品。当来访者告诉他"没看过"时，托尔斯泰只能惊呼道："啊，那你根本就不认识我。我们必须彼此熟悉一下。"在他的《忏悔录》中他同样强调这一点；他大胆地宣称，二十多年来他作为一个高尚的追随者一直追求的艺术，让他愚蠢地浪

---

① 阿道夫·施莱尔（1828—1899），德国画家。
② 布兰科·怀特（1775—1841），西班牙诗人，政治思想家。
③ 卡尔·瓦格纳（1796—1867），德国画家。

费了时间。

23. 一个最奇妙的景象就这样出现了：一方面，一个作家因为他所否定的那些作品而获得与莎士比亚一样的声誉；另一方面，公众正是因为他所否定的艺术才阅读他的作品并崇拜他。因为如果断言是托尔斯泰的宗教著作吸引了读者，是非常愚蠢的。如果他只出版他的宗教著作，它们可能真的会被人买走，可能会被摆在客厅的桌子上，也许还会偶尔被人翻阅；但是，没有人会去阅读、研究和思考它们。因为托尔斯泰的宗教著作，就其精神实质来说，与那本几乎在每一个基督教家庭的起居室里已经静置多年的书并没有什么不同；没人阅读，没人讨论，也没人提起，就像某个流行杂志的作者最近的空翻表演一样。不仅如此，如今在这种客厅里的社交聚会上，最能使自己格格不入的办法，就是庄严地谈论那本书，在许多房子里这本书都是客厅装饰必不可少的一分子。不仅如此，这本书在客厅桌子上的存在就是一个证据，证明主人认为自己已经是某个圈子中的一员，简而言之，就是被选中的人、精英、最高阶层，这在社会上不是已经发生了吗？

24. 因此，公众对艺术家托尔斯泰的兴趣要大于对传教士的兴趣。同样的原因，当爱默生到达英国时，只有少数人欢迎他；然而，当沙利文先生抵达英国时，街道上挤满了蜂拥而至赶来迎接他的人。另外，托尔斯泰抗议说，任何一个把他看作艺术家的人，都没有看见他的样子，也不认识他；他现在已经完全是另一个人了；事实上，单纯的艺术，对他来说，这项事业已经配不上他严肃的灵魂。公众又一次以一贯的自信且居高临下的态度对他说："哦，列夫，尼古拉的儿子，如果不是你伟大的艺术天才，以你最近那些宗教上的滑稽表演，我们就会把你称为怪物了。但是对于一个伟大的天才，我们会宽大为怀，容忍你的忏悔，容忍硌脚的鞋子，只要你给我们多写一些奥列宁、卡列宁之类的人物就行。"

25. 谁是对的，谁是错的，数百万计的公众，还是孤身一人的托尔斯泰？

26. 天才常常对自己的力量有所误解，在自己最薄弱的地方寻找力量，这在历史上确实不是什么新鲜事儿。相较于帝王之尊位，腓特烈大帝更以他的长笛演奏技能而自豪；就在不久以前，在我们中间一位大学教授称他一生中最快乐的一天不是他发现了一个新的希腊小品词（Greek partide）的那一天，而是他所在大学的团队在划船比赛中获胜的那一天。只要在某个礼拜天偶然在我们的教堂里走一走，就会立刻发现天才对自己常常会产生一些令人遗憾的误解；因为许多表演艺术的天才都被想象中的、到讲坛上去的一个召唤给毁了。因此，在伟大的托尔斯泰与公众的争论中，这种过于自信确实是不利于他的。不过，我还是大胆地站在托尔斯泰一边。我也同样大胆地认为，托尔斯泰最伟大的作品不能在他的纯艺术作品中寻找，而要在他的纯宗教作品中寻找。在上帝的祝福下，我的朋友们，我相信你们会在下一次讲座中和我一起找到它。

第六讲

传道者　托尔斯泰

1. 我在上次讲座中已经说过，托尔斯泰是一个传道者，传播的不是关于死亡的新福音，而是关于生命的旧福音。托尔斯泰被尊崇为人类中最伟大的导师之一，这不仅是因为他已经无可争辩地证明，人类只有通过爱才能证明自己真正活着，也不完全是因为他用不可推翻的逻辑表明，人只有当他把自己的一生奉献给为同胞服务时才能真正得到祝福。他的逻辑可能是不对的，他的证据可能是错误的。对于一个高尚的灵魂来说，善于言辞的艺术并不比善于斗争的艺术更为重要。两者都可以击倒对手，但击倒并不是生命的事业，提升才是生命的事业。托尔斯泰在导师中受人尊崇，因为他首先是让人提升；因为他宣扬的是人类的提升者多年来一直宣扬的东西；因为他宣扬的是基督布道的内容，爱默生布道的内容，卡莱尔布道的内容，只要天上有上帝，只要地上有渴望上帝的人类灵魂，就会永远宣扬下去的内容。"社会主义、共产主义！"人们向托尔斯泰怒吼，想用这个可憎的名称来扰乱他。他们说，"你想让我们放弃文明和进步的成果，回到过去的原始生活吗？"但是，读读爱默生的《杂记》、卡莱尔的《过去和现在》、拉斯金的《佛斯·克拉维格拉》，你们就会明白托尔斯泰的布道和这些是否有所不同。如果这就是共产主义，如果这就是社会主义，那么欢迎共产主义，欢迎社会主义，因为兄弟情谊永远受欢迎。

2. 托尔斯泰确实是俄国人中的俄国人，但他在成为俄国人之前首先是人；他是最伟大的俄国人，但又不仅仅是个俄国人；就像最伟大的希腊人苏格拉底一样，不仅仅是个希腊人；就像最伟大的希伯来人基督一样，不仅仅是个希伯来人。苏格拉底不是上天单独派给希腊人的，而且同样也是派给我们的；耶稣不是单独派给犹太人的，也是派给我们的；所以托尔斯泰不仅是派给俄国人的，也同样是派给我们的。

3. 因此，托尔斯泰是来传递一个信息；但是这个信息早在一千九百年前就已经被传递了。确实，《登山宝训》中所写的法则并没有被增添一个字；人若能按照基督的教诲来生活，就不需要新的使者了，天堂之国就会真实地建立起来，上帝就会像他所预言的那样，再次与人同在。但基督教，唉，已经被检验了将近一千九百年，而基督的信仰仍然在经受考验。因此，总需要新的使徒来为天堂之国布道，宣扬基督的福音；而托尔斯泰的独特之处就在于，他不是来宣扬十九世纪的新福音，而是来宣扬一世纪的旧福音。因为神要使人通往福祉的路一直通畅。只要他们选择进入天堂之国，只要他们选择不把自己交给黑暗的力量，天堂之国就永远在他们触手可及的范围之内。

4. 在上一讲中，我曾以上帝赋予我的清晰的声音断言，在天上有一位上帝，至善。而现在，唉，同样地，我也有责任证实，除了天上的至善，伟大上帝之外，地上还有至恶，大魔鬼；除了伟大的光明之王之外，还有强大的黑暗之王。他不管天，也不管地，唯独管辖人。他与贪婪之人结交，与律师锱铢必较；他与科学慈善机构（scientific charities）勾结，与土地掠夺者一起谋取财富；他与政治家交谈，在科学界人士面前吹嘘；他和神学家们在绳索的两端相互制衡；用那张只把基督挂在舌头上的嘴巴在讲坛上布道，用那两片只通过唱圣歌才认识上帝的嘴唇来祷告。他在舞会上跳舞，他在钻石中闪耀；他通过金子发光，通过美酒冒泡。他在招待会上虚情假意地交谈，在公开出版物的社会栏上成了名人；他座驾的汽笛不断尖叫，他每小时狂奔六十英里，他编辑那些哗众取宠的杂志，他与仇恨共处；他永远在追逐受害者——他，就是黑暗之王。

5. 光明之王的仆从很少，黑暗之王的仆从很多。然而上帝常在离我们不远的地方。他经常差遣使者，招聚他那误入歧途的、走失的羊群。托尔斯泰就是被派来召集犯错的人们回到基督的怀抱的使者。

6. 因此，托尔斯泰是人类的导师。但是，要注意到托尔斯泰和其他伟大导师之间的根本区别。对苏格拉底来说，人类最大的敌人是无知；因此，对他来说，知德即为德，他一切教导的中心思想是知识。因此，苏格拉底的灵魂与其说是在心里，不如说是在头脑里。对埃皮克提图来说，人类最大的敌人是激情，他的教导的中心思想是自控；因此，在埃皮克提图看来，灵魂与其说是在头脑里，不如说是在意志里。对爱默生来说，人类最大的敌人是权威，因此他的教导的中心思想就是自立；因此，对爱默生来说，灵魂之所在不在于人的意志，而在于人的骄傲。对卡莱尔来说，人类最大的敌人是自我意识，所以他的教导的中心思想是自我的无意识，自我的遗忘，自我在工作中被淹没；因此，在卡莱尔看来，灵魂之所在不在于人的骄傲，而在于人的双手。托尔斯泰却没有自己的诸如此类的中心思想。他的中心思想是他的主耶稣，也就是爱。对耶稣来说，人类最大的敌人是仇恨，对他来说，灵魂之所在不在头脑里，不在意志里，不在骄傲里，也不在人的双手里，对耶稣来说，灵魂只存在于心灵当中。托尔斯泰首先宣扬的是耶稣的教义，不是因为他轻视无知，不是因为他轻视激情，不是因为他轻视权威，也不是因为他轻视自我意识，而是因为他相信爱能战胜所有黑暗之子。因此，他的信息的内容就是不断重复：弟兄们，你们要跟从基督！用你们的头脑跟随基督，你们的形而上学就会自行发展；用你们的意志跟随基督，你们的激情就会自我控制；用你们的希望追随基督，你们的自尊就会保护好自己；最后，用你们的双手跟随基督，你们的工作就会自动完成。因此，托尔斯泰的书宣扬的只是基督的第五福音，托尔斯泰本人也只是耶稣的第十三个使徒而已。

7. 我必须强调这个事实，我的朋友们，因为教会团体仍然在讨论，把他的书收进他们的图书馆是否妥当；我必须强调这个事实，因为迄今为止，还没有一个基督福音的传播者敢对托尔斯泰说一句欢迎之词，一句示同道之谊的话。我必须强调这一事实，因为托尔斯泰已经抛弃了艺术，投身于鞋匠的工作，这个充满智慧的世界、这个了解他人责任基于了解自己的世界，立即对其进行评价、否定和谴责。因此，屠格涅夫因他的这次离开温和地规劝他，并恳求他回到那个被他抛弃的更高的领域，回到艺术领域，为那些已经从他的艺术中感受到太多欢乐的人们继续提供欢乐。在这个伟大的敬畏上帝的城市的讲坛上，尊敬的萨维奇牧师是上帝唯一的仆人，他甚至胆敢让托尔斯泰成为主日演讲的主题，他确实尊重托尔斯泰的品格，但他宣称托尔斯泰和拿撒勒主耶稣的教诲都是不切实际的；的确，在这样一个唯有银行股票、显赫的祖父、华而不实的思想和如烟花般五彩纷呈的社交才标志着力量的时代，那些教诲是不切实际的。然而，萨维奇牧师至少听从了蒲柏的教诲，贬低中还带着微微的赞扬①，与此同时，那个来自印第安纳州的小矮子甚至认为这样做毫无必要，于是他踮起脚尖，尖着嗓子对托尔斯泰叫喊："怪人，怪人！"

8. 但倘若在上帝的眼中，工作没有高低之分，而仅仅是工作呢？倘若在上帝的眼中，责任也无高低之分，而仅仅是责任呢？如果必须砍柴、筛灰、补鞋，那为什么这是比弹钢琴、读诗、写书，甚至听讲座更低级的工作呢？但是艺术家的确比从事家务劳动更受人尊敬！那又怎样呢！难道你们做事的动机不是出于对自己、对良心和

---

① 即"damn with faint praise"，出自蒲柏的后期杰作《致阿勃斯诺特医生书》。

上帝的敬意，而是出于对像风一样多变的同行们的敬意吗？做我们应该做的一切，尽管它是如此卑微，这就是在做最高级的工作，上帝的工作。但是，劈柴修鞋，不会带来认可，不会带来尊重，也不会像在灯火辉煌的客厅里为指定的观众朗读、唱歌和写作那样获得掌声。可怜的人啊，你们应该把奖赏和它带来的眼前利益作为履行责任的动机吗？

9. 怪人，的确如此！我的朋友们，是否有过这样的时刻，如果我们要生活下去就必须从那些被其他人宣布为怪人、讨厌鬼的伟大灵魂中获得滋养呢？黑暗之子总是在外游荡，而他们永远不欢迎光明的信使。那个最高贵的希腊人对他的同胞来说就是一个讨厌鬼，尽管他已经行将就木，但是那些人却无法忍耐到他平静地离开；这位七十岁的老人不得不喝下毒药，以免除其同胞因他的存在而感受到的负担。波士顿自建城二百五十年来两个最高贵的子民，一个脖子上套着绳子被拖到街上游街，拖他的不是一群蓬头垢面的无政府主义者，而是一群整洁干净、衣冠楚楚的公民，也许就是现在从他们位于联邦大道的大玻璃窗上能看见加里森[①]塑像的那些人的祖先。另一个则被认为智力发展不均衡，人人避而远之，并且被那些自认为最优秀的同乡们恶语相向，以至于直至今日人们甚至都没有想过给温德尔·菲利普斯立一个纪念碑。英格兰最高贵的声音，约翰·拉斯金的声音，此时此刻正在向他的同胞们呼喊："亲爱的朋友们，如果你们继续像过去那样对我叫喊，我真的会发疯的，不过我向你们保证，到现在为止，尽管你们吵吵嚷嚷，我的理智还是正常的，感谢上帝！"美国最伟大的精神鼓舞者杰里迈亚·梅森，一个头脑清晰的人，一个有远见的法官，一个务实的政治家，当这个温文尔雅的人还在世的时候，也只能开玩笑似的说："我不读爱默生的书；我的女儿们读！"所以，善良的人们，请你们告诉我，就算是基督本人出现在你们家的大门

---

① 威廉·劳埃德·加里森（1805—1879），美国著名废奴主义者。

口，没有银头手杖，没戴巴黎产的羔皮手套，也没有在纸板上刻字说明他是大卫王陛下的后人，你们身穿燕尾服的管家会怎样接待他呢？只要看一眼他赤裸的双足，飘动的长衫，蓬乱的头发，不就足以让管家先生确信，对此类人士来说女主人永远不在家，就算在家也是马上要穿戴整齐去赴宴或者去兜风，并因此请客人见谅吗？是的，我的朋友们，最伟大、最高贵的灵魂一直承受着被鄙视的命运，因为黑暗之子永远不欢迎他们带来的光明的信息；如果他们的个性无可指摘，那至少也要攻击他们的智慧，于是基督和托尔斯泰被宣布为弱智！这就是最近托尔斯泰从过富人生活到过穷人生活的转变发生后，那些说他精神失常并反对他的尖叫声的目的。

10. 因此，托尔斯泰只不过是一个基督的传道者；因此，在他的信息中第一句清晰说出的话语就是，完全相信像基督那样生活是切实可行的；坚持把基督说过的话逐字逐句地作为生活的实际向导。

11. 强调爱的至高无上的地位，托尔斯泰第二条清晰的话语就由此而来，那就是心灵高于头脑，是生活在形而上层面上的向导。因为上帝常向人类显明自身，但是他不是通过那些人冰冷的智慧对人类说话，而是通过他们温暖的心对人类说话；不是通过逻辑，而是通过爱。理性的人在人之外寻找上帝，但却一无所获；爱人之人在人心中找到了上帝，那就不必去寻找他。因此，托尔斯泰在《忏悔录》中写下了以下这段十分重要的话。他一直在寻找那个反复出现的问题的答案："我为什么要活下去？"最终他出国去寻找光明：

> 我在欧洲的生活，以及与那些先进的、有学问的欧洲人的交往更加坚定了我对完美的信念，彼时我以此信念为生，因为我在他们身上也发现了同样的信念。在我身上，这种信念和在我们那个时代大多数受过教育的人们身上的表现形式是一样的。这信念用一个词来表达，就是"进步"。那时我觉得这个词具有某种含义。我当时还不明白，这毫无意义，我与任何其他有生

命的人一样，为"我怎样活得更好"这个问题而苦恼，而我对此问题的回答是：要进步地生活。我这样说就好像一个人在被风浪吹走的小船里，对他来说唯一的、最主要的问题是"吹到哪儿去？"但是回答他的却是："吹到一个地方"。

我当时都没有觉察这一点。只有在很少的情况下，不是我的理智，而是我的感情对我们那个时代这一普遍的迷信感到愤怒，人们用这种迷信来掩盖自己对生命的不理解。当我在巴黎的时候，目睹了死刑，这动摇了我对进步的迷信。当我看见头被从身体上切下来，彼此分开在棺材里碰撞时，我就明白了，不是用我的理智，而是用我的整个身心明白了，没有任何存在即合理的理论和进步的理论能够为这种行径辩护，即使所有人，无论根据自创世以来的何种理论都认为这是必要的，但我知道，这并不需要，这是邪恶的，因此能对什么是好的和需要的做出评判的不是其他人说什么、做什么，也不是进步，而是我和我的心。

12. 因此，在相信你的逻辑之前，你们先要相信你们的心。无论心做出怎样的指示，必是上帝的意思，无论是否合乎逻辑；心所反抗的，必是出于魔鬼，无论是否有正当理由。魔鬼从来没有缺乏理由的时候；如果他在别的地方找不到理由，他最终也会在科学和圣经中找到理由。除了奴隶主们之外，最后放弃奴隶制这艘沉船的是那些人类兄弟情谊福音的鼓吹者，他们为达到目的曲解圣经，巧妙地争辩说，伟大的上帝把传教士先生做成白色的，把黑人先生做成黑色的，因此，他意欲让黑人成为白人的奴仆。在任何时代，最冷酷无情的理性和逻辑都能为兄弟相残、烧毁村镇、在距无家可归者近在咫尺的地方建起奢华宫殿找到充分的理由。在任何时代，逻辑都能证明生存竞争和斗争是恰当的，甚至是非常必要的；人们如果选择彼此相助，就能够在我们这个绿色的地球上创造一个天堂，当他们把自己变成猪，在一个食槽里互相挤压、推搡，因为把更弱小的猪崽逼入饿死的境地而发出满意的咕噜声时，所有这一切就是我们现代的、必要的商业竞争；而这就是合乎逻辑的、合理的、科学的生存斗争！

13. 不，不，我的朋友们，在伟大的上帝已经为百倍于现在的人口提供了足够物质的时代（如果人们选择彼此相助的话），就让逻辑为生存斗争、人类之间面包争夺的必要性以从未有过的嗓门大声痛哭吧！心在说，这是不对的；无论逻辑如何证明其正确性，它都是被诅咒的，都是源自魔鬼的；对你们来说，如果你们想成为光明之王的儿女，而不是黑暗之王的儿女，就不该有这样的逻辑；相信上帝就在你自身当中，他不在你的头脑里，而是在你的心里。

14. 再说一次，从爱是至高无上的和全人类的手足情谊这一基本观念出发，——请注意，是全人类的手足情谊，——遵循托尔斯泰所坚持遵循的基督的教诲，"有求就给他"。因为评判他人的不是人，而是上帝。因此，对托尔斯泰来说，所有人都是他的兄弟，身份相称和不相称的人都是他的兄弟；或者更确切地说，他从不问他们是何身份。因此，基督的律法在他不是为功用，不是为畏惧后果，而是代表仁慈和对上帝的信仰。托尔斯泰从不害怕因感情冲动而帮助别人。因此，在托尔斯泰的信息中，第三个清晰的表述就是，源自上帝的情感与仁慈凌驾于源自魔鬼的逻辑之上。

15. 我们的科学慈善机构告诉我们，出于感情动机（仅仅出于乐于助人的目的）给予的救济只能让穷人勉强维生。的确，让穷人活下去是一桩可怕的十恶不赦的罪行；的确，在一个物种不断进步、供求关系也自有其尊严的时代，心中怀有任何感情都是十恶不赦的罪行。伟大的上帝将他的阳光和雨露，既洒在联合慈善机构的成员身上，也洒在非联合慈善机构的成员身上；既洒在大人物身上，也洒在小人物身上；既洒在被隆重介绍的人物身上，也洒在无名无姓的人物身上，因此，他的仁慈显然是感情用事的。是的，我的朋友们，伟大的上帝是感情非常丰富的，因为他赐福于人，怜悯于人，不是因为这是他们应得的对待，而是因为他喜欢仁慈。当花朵在春天以无与伦比的美丽绽放时，它的花茎上没有贴上恶意的提示："不让没资格的人注视。所有品德高尚的、有资格的人，只要向天使长米迦勒提出申请，就可以获得门票。"当清凉的泉水在上帝永恒法则的指引下，欢快地从山洞里潺潺流出，对疲惫的、燥热的流浪者低语："到这儿来，恢复一下体力吧"，入口处并没有挂着这样的牌子，上面写着："注意！泉水只供给高贵人士；贫民请注意，擅闯此地将受到法律的惩罚。"我实话告诉你们，上帝是那感情丰富的人里面感情最丰富的那一个！

16. 上帝之子，像他的父亲一样，也是一个感情丰富的人。当那个罪人在急难之时来到耶稣跟前，他没有问她要介绍信。他也没有问她城里的重要人物是否以最为社会认可的方式为她做了担保。他没有掀起他衣服的下摆，以示对这个不配在他身边之人的蔑视；他没有吩咐他的管家们，这个有罪的夫人下次再来拜访时，就说他不在家。不仅如此，基督甚至没有派人到联合慈善机构的中央办公室去查阅这个可怜的罪人的记录。他没有过多询问就伸出了他圣洁的手，把手伸向那可怜的姊妹，然后用充满爱的声音说："安心离开吧，你已经被宽恕了！"我实话告诉你们，耶稣是那感情丰富的人里面感情最丰富的那一个！

17. 而那个回头浪子的父亲，当他张开双臂接受这个不成器的青年时，只会让他的生活更加拮据。这是他为其他儿子也成为同样的浪子而付的附加费（用我们科学慈善机构的话来说）。

18. 所以，每一个相信上帝的智慧胜过人类智慧的高贵的灵魂都是感情丰富的；他相信信任比恐惧更有力量；更相信仁慈而不是算计；更相信宽容而不是正义；更相信爱而不是政治经济；更相信基督而不是奥克塔维亚·希尔[①]，更相信福音书而不是议会上拙劣的报

[①] 奥克塔维亚·希尔（1838—1912），十九世纪英国慈善家，社会改革家。

告。你们要根据它们的结果来评判它们。如果出于对贫困的恐惧，人们就可以原谅兄弟之间拒绝互相帮助这一最可耻的罪行，那么就应该摒弃科学慈善事业，以及它所说的减少贫穷的那一套；如果感情主义的结果就是向不配得到帮助的人伸出援手，那么我们欢迎感情主义，祝福感情主义！

19. 就这样，遵从基督的指示为托尔斯泰提供了生存的基础，而他此前一直在科学和形而上学中徒劳地寻找这一基础；遵从基督的指示为托尔斯泰提供了一个解决社会问题的方法，而他此前一直在伦理学和社会学上徒劳地寻找解决办法；最后，遵从基督的指示为托尔斯泰提供了一个解决财政问题的方法，这种方法无论是在政治经济学领域，还是统计学领域都找不到。在托尔斯泰的信息中，第四个清晰的表述是他无情地区分了穷人的钱（穷人辛苦挣来的钱）和富人的钱（他们因懒惰而被罚没的金钱）。

20. 托尔斯泰就是这样一位传道者，是人们的心灵发生改变的原因；但是，他不仅是让别人发生改变的原因，同时他本人也是人们的心灵开始发生变化的结果。托尔斯泰有可能在十九世纪出现，这是人类社会在兄弟情谊方面最有希望的时代征兆。在神学上，在上帝面前人人平等的感觉已经深入人们的思想中，以至于从前人人都宣称自己比别人优越的说法，虽然仍然心下默认如此，但是现在已经不再为头脑清醒的人们所支持；在政治中，在法律面前人人平等也终于得到承认，即使在实践中不总是这样，至少在理论上是。如果君主制和贵族制度仍然存在，那并不是因为所有参与决策的人有意为了他们自己做出这一决定，而是因为忍受不合理的旧制度，要比突然建立合理的新制度更安全。只是在社会领域人人平等的感觉还渗透得不够彻底，不足以唤醒他们的灵魂反对目前的社会分化：一些人是工业上的贵族，另一些人是工业上的奴隶。两个同一天、同一时辰、同样赤身裸体来到世上的人，一个出生在皇宫里不是因为他的功劳，另一个出生在窝棚里也不是因为他的过错，他们都要度过自己的一生，一个在奢侈与懒散中度过，另一个在贫困与辛劳中度过，这却被那些有思想、有感情的人们视为理所应当的事情，因为显然天意就是把人这样区分的。游手好闲的人就这样继续享受着他们碰巧得来的懒散生活；劳苦的人就这样忍受着他们碰巧陷入的艰辛生活，各自安好，平平静静。

21. 平静？唉！怎么可能。窃贼、强盗、流浪汉、乞丐、造假者、违约者不计其数，拘留所、监狱、改造所，堂而皇之地矗立在草坪、绿林和蜿蜒的河流之间。寂静的黑暗偶尔被燃烧的火炬照亮，我们时不时地还能看到由火药、炸药和炸弹组成的壮观的烟火表演。

22. 当然，自从上帝决定无论人们怎样拒绝遵行他的旨意，他们至少都会听到他通过那些信使发出的声音，人们就一直在宣扬改革。但是，尽管从柏拉图到卢梭每个有思想的人都在宣传政治自由，但这需要美国和法国的革命为他们的思想进入实际生活开辟一条道路。宗教自由，也是从每一个内心真正热爱同类的灵魂之口被宣扬出来。异教徒的世界暂且不提，就说我们的世界，从基督到爱默生，所有圣徒所唱之歌的内容就是："要爱你的邻居如同爱自己。"请注意，是你的邻居！不是和你同在浸信会的邻居，不是和你同在卫理公会的邻居，甚至也不是你的异教徒邻居，而只是你的邻居。虽然这条教义非常清楚明了，但是仍然需要经过宗教裁判所的审讯、圣巴托洛缪之夜的大屠杀和三十年的战争，才仅仅建立起宗教上的彼此宽容，甚至还不是不同教派之间的兄弟情谊。

23. 关于社会上的兄弟情谊也被宣扬了很多年，起始于施洗约翰，他在回答"我们该怎么做"这个问题时只会说"谁有两件外套，就让他给无外套之人一件"；终结于约翰·拉斯金，他因财富分配不均而感到痛苦，创立了他的圣乔治会。当时社会上的兄弟情谊就像所有其他思想一样已经被宣传过了；但是，即便是伪善地假装施行一下都没发生。内心的改变是否也必须通过流血和屠杀来实现？

24. 托尔斯泰以一个肉身的软弱之力，但又以一个灵魂的强大之力，对这个问题给出了明确的回答。"我们必须开始革命，"他说，"不是在我们之外，革他人之命，而是在我们内部，革自己之命；不是武力，而是爱的力量。我们用一只手来施舍，又用另一只手扶持造成需要施舍的原因——懒惰，那施舍又有什么用呢？他说，让每个人尽其所能地工作，如果他生产的东西超过了个人需求，那么就足够供给那些生产能力不足以满足自己个人需求的不幸之人和体弱多病之人了。因此，我们不应该在闲暇和懒散中寻找避难所，而是在工作中；工作也不该是为了满足懒惰之人的需要，而是为了满足勤劳之人的需要；简而言之，工作是为了使别人能够享受身体上的劳动和心灵上的平静，只有两者结合才是完美的生活。

25. 托尔斯泰在《我的宗教》一书的序言中说，他终于品尝到了就连死亡也夺不走的喜悦和幸福。他因此获得了真正的幸福，那些只爱自己和以智慧为傲的人永远失去了那属于所有灵魂的天堂般的宁静。但是，只有通过斗争，通过与罪孽、怀疑、不忠和绝望频繁地生死相搏，人类的灵魂才能获得这样的天堂。因为西西弗斯的寓言不仅只是一个寓言；第十次、第一百次、第一千次地把石头推回山顶，这只是灵魂通往天国的旅程中的一段历史罢了；金子要从渣滓中萃取出来，就必须经过燃烧、烧焦、熔化、溶解；而灵魂要想得到净化，就必须同样经过烧焦、熔化、再熔合。因此，不要以为莎士比亚在写"生存还是毁灭"之前，一直栖息在树上愉快地吟唱。在他的戏剧中的确看不到他的悲伤，但在他的生活中一定找得到。因此，不要以为这位快活的、欢乐的、爱开玩笑的苏格拉底在他一生的七十年里都是一个快乐的人。他临终时所说的话并非出自一颗快乐的心，"我们只有在远离生活的时候才接近真理"。最后，我的朋友们，温柔的性情，无限的爱，并不是出自一颗快乐的心灵，那具有温柔性情和无限之爱的人在所有四部福音书的记载中都不曾笑过！的确，只有通过悲伤才能到达灵魂的避风港，才能摆脱对智慧的骄傲和对自身的爱，与上帝合为一体。同样，托尔斯泰在获得天堂般的宁静之前，他的生活也充满了无穷无尽的、无法形容的悲伤。在他生命中的十五年里，自杀的念头一天也没有离开他的脑海。按照全世界的看法，命运慷慨给予他的每一样馈赠都足以使人幸福，他拥有财富、名望、朋友、地位、敬仰、赞赏——而这个拥有一切的托尔斯泰在许多年里因为害怕自己开枪自杀，把枪都藏了起来，因为担心自己上吊自杀，把自己的毛巾也藏了起来。那么，为什么会如此痛苦呢？因为，我的朋友们，他生来就被赋予了一个渴望天堂的灵魂，这个灵魂和世俗的教义无法和平共处。其中一个必须灭亡——要么是世俗的教义，要么是他的灵魂。他的灵魂，的确，注定不会灭亡，但是人心中的魔鬼也不容易死去，五十年来，世俗的教义一直占据上风。

26. 因此，虽然托尔斯泰的本质是传道者，但在这五十年里，他从来都不是一个单纯的传道者；但他也从来都不是一个单纯的艺术家，这是他灵魂中光明与黑暗两种力量的斗争使然。就像忒修斯带进米诺斯迷宫中的那根线一样，"传道者"这条线如果曾经离开过托尔斯泰的话，那也是极少见的情况。所以，他在1852年二十四岁时写的作品《一个地主的早晨》中，对他作为一名访客在穷人当中的所见所闻的描写，就像他二十五年后所写的《关于莫斯科人口普查》① 一样忠实可信；所以，他在不到三十岁时所写的《卢塞恩》中为乞讨者的抗辩，就像他在写作生涯晚期完成的《该怎么办》中的抗辩一样有力。因此，传道者与艺术家的最终分离不是突然做出的决定，而是他的心灵长达一生的漫长斗争的结果。因此，传道者托尔斯泰从艺术家托尔斯泰当中分离出来，就好像吸足了养分的果实从被抛弃的果壳中分离出来一样。当他发现了他的避风港，发现只有在对人类之爱、在为人类而活、在操劳中才能找到生命的唯一意义，简而言之，当世俗的教义已经被他的灵魂击败时，传道者与

---

① 这篇文章发表于1882年，《一个地主的早晨》发表于1856年。

艺术家的分离就彻底完成了，外壳破裂了，托尔斯泰那些永恒的东西——传道者托尔斯泰的作品，而不是艺术家托尔斯泰的作品——以其固有的全部养分饱满地呈现在我们面前。

27. 听众们，朋友们，我已经对你们讲了将近六个小时。从你们听我说话的样子，我断定你们感受到了愉悦，甚至也许受到了教导。然而，如果我的讲座只是为了娱乐你们，只是为了教导你们，那我会觉得我对你们说的话毫无意义。就娱乐而言，你们可以在其他许多地方找到娱乐，马戏团里、剧院里、音乐厅里、杂志上，以及擅长应酬之人巧妙的机锋里，我的使命不是为了与这些人竞争。同样地，你可以在其他许多地方得到教导，百科全书、大学、图书馆、《布朗宁读本》；我的使命也完全不是与他们竞争。所以，我连续几个晚上来到你们面前，请求你们听我说话，并不是要娱乐大家，也不完全为了教导你们。但是，我曾希望，在你们和我分别的时候，就像今晚这样，你们也许可以把对目标的那种真诚带走，因为缺乏这种真诚，普希金的缪斯才变得如此贫乏；要对不断向上挣扎的灵魂满怀同情，正是因为缺乏这种同情，果戈理的生活才变得那么不幸；缺乏对上帝的信仰使屠格涅夫的生活变得如此不完整；最后，相信基督的教诲，按照基督的教诲生活才让托尔斯泰的人生如此激励人心。

28. 我的朋友们，希望你们把在这里发现的一切都带走，不仅是愉悦，也不仅是教导。古时候，伟大的上帝曾经想要拯救一座满是罪人的城市，使其免于毁灭，只要在城里找到十个正直的人就行；如果在听过我讲座的众多听众中，哪怕只有十个人在离开的时候除了愉悦和教导，从我的话语中感受到了更多的东西，我就会觉得自己的辛劳得到了充分的回报。

译后记

"文学是灵魂发展的里程桩"
——伊万·帕宁和他的《俄罗斯文学演讲稿》

伊万·帕宁于1855年出生于俄国，1874年因参与革命活动被驱逐出国。离开俄罗斯之后，帕宁迁居德国，并在那里如饥似渴地学习文化知识，尤其对文学和语言学最感兴趣。几年后，伊万·帕宁又移民美国，并进入哈佛大学学习希腊语和现代希伯来语。1882年，伊万·帕宁从哈佛大学毕业，获得文学批评硕士学位。当时在欧美等地正掀起俄罗斯文学的热潮，阅读俄罗斯文学成为一种时尚，针对这种热潮，伊万·帕宁在美国和加拿大的多个城市举办了一系列学术讲座，向两国读者介绍俄罗斯文学，分析俄国文学不同于欧美文学的本质特征。帕宁的讲稿语言优美，辞章华丽，观点独特，且自成一体，在当时受到了热烈欢迎。关于他的文学讲座和名气曾经有这样的记载，"他从大学毕业之后就成了一名出色的讲演人……他在美国和加拿大许多城市里举办讲座，在大学里讲，也在一些私人文学俱乐部里讲。那时他是个坚定的不可知论者，他是如此出名，以至于当他拒绝不可知论，改信基督教时，报纸上专门撰文谈论他的转变。"[①]

帕宁的俄罗斯文学系列讲座，听者众多，影响广泛，因其讲座

---

① http://ru.knowledgr.com/01553275/ИванПанин.

的空前成功，他在出版社的邀请下将自己的讲稿结集成册，并于1889年在纽约和伦敦两地同时出版。帕宁的俄国文学演讲稿出版至今已经过去了一百多年，但是他对俄国文学的独到点评并没有被岁月湮没，他的这本"文学演讲稿"至今仍在亚马逊网站上公开出售，是最受欧美读者欢迎的俄罗斯文学史读本之一。

帕宁的俄罗斯文学演讲稿与其他俄国文学史研究著作相比有很大的不同，他不是单纯地从文学和文学批评的角度来看待文学作品，而是将文学的发展与人类自我意识的发展和种族的发展联系在一起，把文学看成是人类灵魂成长的记录。他在导言中写道："这是灵魂不断向上的旅程，文学就是它的记录，每个民族在文学发展过程中各种各样的追求不过是这条路上的许许多多的里程桩而已。"帕宁指出，任何民族的文学最初都是以诗歌的形式出现，因为人类的灵魂在童年时期总是充满欢乐，"人类的灵魂在童年时期仅仅是存在，但却没有生命的意识；但它很快就意识到了自身的存在，它发出的第一声呐喊是因为喜悦。青春永远是欢乐的，它在欢乐中歌唱。青春对着夜空中的星辰，对着或白或红的月亮，对着少女的脸颊和折扇歌唱。青春对着鲜花、对着蜜蜂、对着鸟儿，甚至对着老鼠歌唱。个人如此，种族亦然"。但是，在欢乐的童年过后，人类的灵魂开始认识到，世上不仅有善，也有恶，不仅有光明，也有黑暗，于是陷入愤怒与悲伤之中，文学也随之进入了哀叹与反叛的阶段。但是徒劳的悲哀与反抗只能带来焦虑，却带不来光明，"要战胜疾病就必须果断前行，去战斗，去攻击敌人最脆弱的地方，而不是徒劳地指责敌人。文学随之变得咄咄逼人，充满了目的性，现在它开始抨击王位、教堂、法律、机构和个人。喜剧取代了悲剧，讽刺取代了感伤；阿里斯托芬取代了埃斯库罗斯，尤维纳利斯和马提雅尔取代了贺拉斯；伏尔泰接替了拉辛，狄更斯接替了拜伦"。文学随之进入了一个交战的阶段。但是在交战过后，灵魂发现，黑暗不能靠暴力来征服，只能靠爱，以及对众生的怜悯来战胜黑暗。于是它放下了利剑，开始呼吁和平。人类的灵魂就此完成了自我成长，文学的发展也随之完成，而以后所发生的一切改变本质上都没有跳出上述几个阶段，没有给生命、给文学带来任何新的东西。帕宁指出，任何国家的文学发展都遵循着这样一条规律，都要经历这四个发展阶段，但是这条规律在俄国文学的发展中表现得最为鲜明。歌者普希金、反抗者果戈理、勇者屠格涅夫，以及传道者托尔斯泰按照时间顺序相应而生。说明这条规律如何在俄国的土地上发挥作用，如何与俄国民族特点相结合形成俄罗斯文学的独特面貌，就是帕宁的俄罗斯文学演讲稿的主要内容。

演讲稿原文为英语，为保证文学作品的译文准确性，文中涉及的俄国文学作品皆从俄语原文直接译为中文，其中部分诗歌作品选用了我国已出版的名家名译。演讲稿共分为六部分，第一部分为导言，作者在导言中从独特视角分析了文学发展与人类自我意识和种族发展的关系，并概括了俄国文学的主要特点为强烈、节制与真诚；第二部分，分析普希金的创作本质，将普希金称为民族的歌者；第三部分，分析果戈理的创作本质，将果戈理称为愤怒的反抗者；第四部分，分析屠格涅夫的创作本质，将他称为民族的战士；第五部分，分析托尔斯泰的创作本质，将他称为民族的传道者；第六部分，重点介绍托尔斯泰如何从文坛走向圣坛，从艺术家转变为传道者。帕宁的讲稿只涉及这四位作家，他认为这四位作家不仅代表了俄国文学的特点和发展阶段，而且很好地体现了他在演讲稿中所要表达的观点。

帕宁对四位俄国作家的点评有很多与传统文学史观点不一致之处，笔者并不认为帕宁的观点完全正确，尤其是他对普希金的看法未免有失公道。但是在帕宁的点评中自有其正确且具有独创性的内容，为我们提供了理解俄罗斯文学和俄国民族精神的新视角。

帕宁的讲座与其说是向人们讲解俄罗斯文学，不如说是向人们传递一种人生态度，他通过讲解俄罗斯文学的方式来告诉人们应该怎样生活。他以俄国作家为榜样，告诉人们要带着崇高的目的、真诚地生活。因此，他在讲座的最后说："如果在听过我讲座的众多听众中，哪怕只有十个人在离开的时候除了愉悦和教导，从我的话语中感受到了更多的东西，我就会觉得自己的辛劳得到了充分的回报。"

　　译者的心愿也不过如此，如果有人在阅读拙译时能会心一笑或掩卷深思，那么译者的辛劳就得到了充分的回报。由于译者学识有限，文中难免有错漏之处，敬请读者批评斧正。

侯　丹
2021 年 12 月于北京